LES FEMMES D'ARTISTES

PAR

ALPHONSE DAUDET

Avec une Eau-forte de A. Gill

SEPTIÈME ÉDITION

FAC ET SPERA

PARIS
ALPHONSE LEMERRE, ÉDITEUR
27-31, PASSAGE CHOISEUL 27-31

LIBRAIRIE ALPHONSE LEMERRE, ÉDITEUR

PASSAGE CHOISEUL, 27-31, A PARIS.

BIBLIOTHÈQUE CONTEMPORAINE

Chaque volume, 3 fr. 50

Barbey d'Aurevilly.	*Une Histoire sans nom*........	1 vol.
— —	*Ce qui ne meurt pas.*	1 vol.
Paul Bourget.......	*Psychologie contemporaine* (C. Baudelaire, Ernest Renan, Gustave Flaubert, Taine, Stendhal	1 vol.
Charles Beaumont..	*Le Cahier de Marcel*..........	1 vol.
Léon Cladel........	*Crête-Rouge*..................	1 vol.
— —	*Ompdrailles*..................	1 vol.
François Coppée....	*Contes en prose*..............	1 vol.
— —	*Vingt contes nouveaux*.........	1 vol.
A. Daudet..........	*Les Femmes d'artistes* avec une eau-forte de Gill...........	1 vol.
Ernest Détré.......	*Entre intimes*.................	1 vol
Émile Dodillon.....	*Le Forgeron de Montglas*	1 vol.
— —	*Les Vacances d'un Séminariste.*	1 vol.
Jean Dolent.......	*Petit Manuel d'Art*, avec 6 eaux-fortes..........	1 vol.
— —	*Le Livre d'art des femmes*......	1 vol.
Gustave Flaubert.	*Bouvard et Pécuchet* (œuvre posthume)......................	1 vol
Anatole France....	*Les Désirs de Jean Servien*....	1 vol.
Hector France......	*L'Amour au pays bleu*	1 vol.
Glatron............	*La Nièce du Curé*..............	1 vol.
—	*Les Disciples de l'abbé François.*	1 vol.
—	*Speranza*	1 vol.
Luigi Gualdo........	*Une Ressemblance*	1 vol.
Ch. Hugo...........	*Les Hommes de l'exil*.........	1 vol.
Camille Lemonnier.	*Les Charniers*......	1 vol.
Henri Liesse.......	*On n'aime qu'une fois* (roman d'hier).......................	1 vol.
Marc Monnier.......	*Nouvelles napolitaines*.........	1 vol.
Pouvillon...........	*Césette* (histoire d'une paysanne)	1 vol.
Auguste Saulière...	*Les Guerres de la Paroisse*....	1 vol.
Louisa Siefert......	*Méline*	1 vol.
Jules Troubat......	*Le Blason de la Révolution*....	1 vol.

Imprimerie D. Bardin et Cie, à Saint-Germain.

LES

FEMMES D'ARTISTES

ŒUVRES

DE

ALPHONSE DAUDET

PETITE BIBLIOTHÈQUE LITTÉRAIRE

Volumes petit in-12 (format des Elzévirs)
imprimés sur papier vélin teinté.

Lettres de mon Moulin, 1 vol., avec portrait de l'auteur. . . . . 6 fr.
Le Petit Chose, 1 vol. . . . . 6 fr.
Contes du Lundi, 1 vol . . . . 6 fr.
Fromont jeune et Risler aîné, 1 vol. . . . . 6 fr.

Les Femmes d'Artistes, 1 vol. in-18 jésus . . . 3 f. 50
L'Arlésienne, 1 vol. in-16 . . . . 2 f. »

SOUS PRESSE

Dans la Petite Bibliothèque Littéraire.

Les Amoureuses.
Le Nabab.
Numa Roumestan.

Imp. D. Bardin et Cie, à Saint-Germain.

LES FEMMES
d'Artistes

LES

FEMMES D'ARTISTES

PAR

ALPHONSE DAUDET

Avec une Eau-forte de A. GILL

PARIS

ALPHONSE LEMERRE, ÉDITEUR

27-31, PASSAGE CHOISEUL, 27-31

PROLOGUE.

ETENDUS, *le cigare aux lèvres, sur un large divan d'atelier, deux amis — un poëte et un peintre — causaient un soir après dîner.*

C'était l'heure des effusions, des confidences. La lampe éclairait doucement sous l'abat-jour, limitant son cercle de flamme à l'intimité de la causerie, laissant à peine distinct le luxe capricieux des vastes murailles encombrées de toiles, de panoplies, de tentures, et terminées tout en haut par un vitrage où le bleu sombre du ciel pénétrait librement. Seul, un portrait de femme, légèrement penché en avant comme pour écouter, sortait à moitié de l'ombre, jeune, les yeux intelligents, la bouche grave et bonne, avec un sourire spirituel qui semblait défendre le chevalet du mari contre les sots et les décourageurs. Une chaise basse écartée du feu, deux petits souliers bleus traînant sur le tapis indiquaient aussi la présence d'un enfant dans la maison; et, en effet, de la chambre à côté, où la mère et le bébé venaient de disparaître, sortaient par bouffées des rires doux, des gazouillements, le joli train d'un nid qui s'endort. Tout cela répandait dans cet intérieur artistique un vague parfum de bonheur familial que le poëte aspirait avec délices:

« Décidément, mon cher, disait-il à son ami, c'est toi qui as eu raison. Il n'y a pas plusieurs façons d'être heureux. Le bonheur est là, rien que là... Il faut que tu me maries.

Le Peintre.

Ma foi! non, par exemple... Marie-toi tout seul, si tu y tiens. Moi je ne m'en mêle pas...

Le Poëte.

Et pourquoi?

Le Peintre.

Parce que... parce que les artistes ne doivent pas se marier.

Le Poëte.

Voilà qui est trop fort... Tu oses dire cela ici, et la lampe ne s'éteint pas brusquement, les murailles ne croulent pas sur ta tête... Mais songe donc, malheureux, que tu viens de me donner pendant deux heures le spectacle et l'envie de ce bonheur que tu me défends. Serais-tu par hasard comme ces mauvais riches qui doublent leur bien-être des souffrances des autres, et savourent mieux le coin de leur feu en songeant qu'il pleut dehors et qu'il y a de pauvres diables sans abri?...

Le Peintre.

Pense de moi ce que tu voudras. Je t'aime trop pour t'aider à faire une sottise, une sottise irréparable.

Le Poëte.

Voyons. Qu'y a-t-il? Tu n'es donc pas content?... Il me semble pourtant qu'on respire le bonheur ici aussi largement que l'air du ciel à une fenêtre de campagne.

Le Peintre.

Tu as raison. Je suis heureux, complétement heureux. J'aime ma femme à plein cœur. Quand je pense à mon enfant, je ris tout seul de plaisir. Le mariage a été pour moi un port aux eaux calmes et sûres, non par celui où l'on s'accroche d'un anneau à la rive au risque de s'y rouiller éternellement, mais une de ces anses bleues où l'on répare les voiles et les mâts pour des excursions nouvelles aux pays inconnus. Je n'ai jamais si bien travaillé que depuis mon mariage, et mes meilleurs tableaux datent de là.

Le Poëte.

Eh bien, alors!

Le Peintre.

Mon cher, au risque de te paraître fat, je te dirai que je regarde mon bonheur comme une sorte de miracle, quelque chose d'anormal et d'exceptionnel. Oui, plus je vois ce que c'est que le mariage, plus je suis épouvanté de la chance que j'ai eue. Je ressemble à ces ignorants du danger qui l'ont traversé sans s'en apercevoir, et qui pâlissent après coup, stupéfaits de leur propre audace.

Le Poëte.

Mais quels sont donc ces dangers si terribles?...

Le Peintre.

Le premier, le plus grand de tous, est de perdre son talent et de l'amoindrir. Ceci compte, je crois, pour un artiste... Car remarque bien qu'en ce moment je ne parle pas des conditions ordinaires de la vie. Je conviens qu'en général le mariage est une chose excellente et que la plupart des hommes ne commencent à compter que lorsque la famille les complète ou les agrandit. Souvent même, c'est une exigence de profession. Un notaire garçon ne s'imagine pas. Ça n'aurait pas l'air posé, étoffé... Mais pour nous tous, peintres, poëtes, sculpteurs, musiciens, qui vivons en dehors de la vie, occupés seulement à l'étudier, à la reproduire, en nous tenant toujours un peu loin d'elle, comme on se recule d'un tableau pour mieux le voir, je dis que le mariage ne peut être qu'une exception. A cet être nerveux, exigeant, impressionnable, à cet homme-enfant qu'on appelle un artiste, il faut un type de femme spécial, presque introuvable, et le plus sûr est encore de ne pas le chercher... Ah! comme il avait bien compris cela, ce grand Delacroix que tu admires tant! Quelle belle existence que la sienne, bornée au mur de l'atelier, exclusivement vouée à l'art! Je regardais l'autre jour sa maisonnette de Champrosay et ce petit jardin de curé, rempli de roses, où il s'est promené tout seul pendant vingt ans! Cela a le calme et l'étroitesse du célibat... Eh bien, figure-toi Delacroix marié, père de famille, avec toutes les préoccupations des enfants à élever, de l'argent, des maladies; crois-tu que son œuvre serait la même?

Le Poëte.

Tu me cites Delacroix, je te répondrai Victor Hugo... Crois-tu que le mariage l'a gêné, celui-là, pour écrire tant de livres admirables?...

Le Peintre.

Je pense, en effet, que le mariage ne l'a gêné pour rien du tout... Mais tous les maris n'ont pas le génie pour se faire pardonner, ni un grand soleil de gloire pour sécher les larmes qu'ils font répandre... Avec cela que ce doit être amusant d'être la femme d'un homme de génie. Il y a des femmes de cantonniers qui sont bien plus heureuses.

Le Poëte.

Singulière chose tout de même que ce plaidoyer contre le mariage fait par un homme marié et heureux de l'être.

Le Peintre.

Je te répète que je ne parle pas d'après moi. Mon opinion est faite de toutes les tristesses que j'ai vues ailleurs, de tous ces malentendus si fréquents dans les ménages d'artistes et causés justement par notre vie anormale. Regarde ce sculpteur qui, en pleine maturité d'âge et de talent, vient de s'expatrier, de planter là sa femme, ses enfants. L'opinion l'a condamné, et certes je ne l'excuserai pas. Et pourtant comme je m'explique qu'il en soit arrivé là! Voilà un garçon qui adorait son art, avait le monde et les relations en horreur. La femme, bonne pourtant et intelligente, au lieu de le soustraire aux milieux qui lui déplaisaient, l'a condamné pendant dix ans à toutes sortes d'obligations mondaines. C'est ainsi qu'elle lui faisait faire un tas de bustes officiels, d'affreux bonshommes à calottes de velours, des femmes fagotées et sans grâce, qu'elle le dérangeait dix fois par jour pour des visites importunes, puis tous les soirs lui préparait un habit, des gants clairs, et le traînait de salon en salon... Tu me diras qu'il aurait pu se révolter, répondre carrément : « Non! » Mais ne sais-tu pas que le fait même de nos existences sédentaires nous rend plus que les autres hommes dépendants du foyer? L'air de la maison nous enveloppe, et, s'il ne s'y mêle un grain d'idéal, nous alourdit et nous fatigue vite. D'ailleurs l'artiste met en général tout ce qu'il a de force et d'énergie dans son œuvre, et, après ses luttes solitaires et patientes, se trouve sans volonté contre les minuties de la vie. Avec lui les tyrannies féminines ont beau jeu. Nul n'est plus facilement dompté, conquis. Seulement, gare! Il ne faut pas qu'il sente trop le joug. Si un jour ces bandelettes invisibles dont on l'enveloppe sournoisement serrent un peu trop fort, arrivent à empêcher l'effort artistique, d'un seul coup il les arrache toutes et, méfiant de sa propre faiblesse, se sauve comme notre sculpteur par delà les monts...

La femme de celui-là est restée saisie de ce départ.

La malheureuse en est encore à se demander : « Qu'est-ce que je lui ai fait? » Rien. Elle ne l'avait pas compris... Car il ne suffit pas d'être bonne et intelligente pour être la vraie compagne d'un artiste. Il faut encore avoir un tact infini, une abnégation souriante, et c'es cela qu'il est miraculeux de trouver chez une femm jeune, ignorante et curieuse de la vie... On est jolie, on a épousé un homme connu, reçu partout. Dame! on aime aussi à se montrer un peu à son bras. N'est-ce pas tout naturel? Le mari, au contraire, devenu plus sauvage depuis qu'il travaille mieux, trouvant l'heure courte, le métier difficile, se refuse aux exhibitions. Les voilà malheureux tous deux, et que l'homme cède ou qu'il résiste, sa vie est désormais dérangée de son courant, de sa tranquillité... Ah! que j'en ai connu de ces intérieurs disparates où la femme était tantôt bourreau, tantôt victime, plus souvent bourreau que victime, et presque toujours sans s'en douter! Tiens, l'autre soir j'étais chez le musicien Dargenty. Il y avait quelques personnes. On le prie de se mettre au piano. A peine a-t-il commencé une de ces jolies mazurkas à brandebourgs qui en font l'héritier de Chopin, sa femme se met à causer, tout bas d'abord, puis un peu plus haut. De proche en proche, le feu prend aux conversations. Au bout d'un moment, j'étais seul à écouter. Alors il a fermé le piano et m'a dit en souriant, d'un air navré :

« C'est toujours comme cela ici... ma femme n'aime pas la musique. » Connais-tu rien de plus terrible? Épouser une femme qui n'aime pas votre art... Va, crois-moi, mon cher, ne te maries pas. Tu es seul, tu es libre. Garde précieusement ta solitude et ta liberté.

Le Poëte.

Parbleu! tu en parles à ton aise, toi, de la solitude. Tout à l'heure, quand je serai parti, s'il te vient des idées de travail, auprès de ton feu qui s'éteint tu les poursuivras doucement, sans sentir autour de toi cette atmosphère d'isolement si vaste, si vide que l'inspiration s'y disperse, s'y évapore... Et puis passe encore d'être seul aux heures de travail; mais il y a les moments d'ennui, de découragement, où on doute de soi, de son art. C'est alors qu'on doit être heureux de trouver là, toujours prêt et fidèle, un cœur aimant où l'on peut épancher son chagrin, sans crainte de troubler une confiance, un enthousiasme inaltérables... Et l'enfant... Ce sourire du bébé, qui s'épanouit toujours et sans cause, n'est-il pas le meilleur rajeunissement moral qu'on puisse avoir? Ah! j'ai souvent pensé à cela. Pour nous autres artistes, vaniteux comme tous ceux qui vivent du succès, de cette estime de surface, capricieuse et flottante, qu'on appelle la vogue; pour nous autres surtout, les enfants sont indispensables. Eux seuls peuvent nous consoler de vieillir... Tout ce que nous perdons, c'est l'enfant qui le gagne. Le succès qu'on n'a pas eu, on se dit : « C'est lui qui l'aura », et à mesure que les cheveux s'en vont, on a la joie de les voir repousser, frisés, dorés, pleins de vie, sur une petite tête blonde à côté de soi.

Le Peintre.

Ah! poëte, poëte... as-tu pensé aussi à toutes les becquées qu'il faut mettre au bout d'une plume ou d'un pinceau pour nourrir une couvée?...

Le Poëte.

Enfin, tu auras beau dire, l'artiste est fait pour vivre en famille, et cela est si vrai que ceux d'entre nous qui ne se marient pas s'acoquinent dans des ménages de rencontre, comme ces voyageurs qui, las d'être toujours sans logis, s'installent à la fin dans une chambre d'hôtel et passent toute leur vie sous l'étiquette banale de l'enseigne : « Ici on loge au mois et à la nuit. »

Le Peintre.

Ceux-là ont bien tort. Ils acceptent tous les ennuis du mariage et n'en connaîtront jamais les joies.

Le Poëte.

Tu avoues donc qu'il y en a quelques-unes?... »

Ici le peintre, au lieu de répondre, se leva, alla chercher parmi des dessins, des esquisses, un manuscrit tout froissé et revenant vers son compagnon :

« Nous pourrions, dit-il, discuter longtemps comme cela sans nous convaincre... Mais puisque, malgré mes observations, tu es décidé à tâter du mariage, voici un petit ouvrage que je t'engage à lire. C'est écrit — remarque bien — par un homme marié, très-épris de sa femme, très-heureux dans son intérieur, un curieux qui, passant sa vie au milieu des artistes, s'est amusé à croquer quelques-uns de ces ménages dont je te parlais tout à l'heure. De la première à la dernière ligne de ce livre, tout est vrai, tellement vrai que l'auteur n'a jamais voulu l'imprimer. Lis cela, et viens me trouver quand tu l'auras lu. Je crois que tu auras changé d'idée :... »

Le poëte prit le cahier et l'emporta chez lui ; mais il n'en eut pas le soin désirable, car j'ai pu détacher quelques feuillets de ce petit livre, et je les offre au public effrontément.

I

MADAME HEURTEBISE

I.

MADAME HEURTEBISE.

CELLE-LA, certes, n'était pas faite pour épouser un artiste, surtout ce terrible garçon, passionné, tumultueux, exubérant, qui s'en allait dans la vie le nez en l'air, la moustache hérissée, portant avec crânerie comme un défi à toutes les conventions sottes, à tous les préjugés bourgeois son nom bizarre et fringant de Heurtebise. Comment, par quel miracle, cette petite femme, élevée dans une boutique de bijoutier, derrière des rangées de chaînes de montres, de bagues enfilées, trouva-t-elle moyen de séduire ce poëte ?

Imaginez les grâces d'une dame de comptoir, des traits indécis, des yeux froids toujours souriants, une physionomie complaisante et placide, pas de vraie élégance, mais un certain amour du luisant, du clinquant, qu'elle avait pris sans doute à la devanture de son père, et qui lui faisait rechercher les nœuds de satin assorti, les ceintures, les boucles; avec cela des cheveux tirés par le coiffeur, bien lissés de cosmétique, au-dessus d'un petit front têtu, étroit, où l'absence de rides marquait moins la jeunesse qu'une nullité complète d'idées. Ainsi faite, Heurtebise l'aima, la demanda et, comme il avait quelque fortune, n'eut pas de peine à l'obtenir.

Elle, ce qui lui plaisait dans ce mariage, c'était l'idée d'épouser un auteur, un homme connu qui lui donnerait des billets de spectacle autant qu'elle voudrait. Quant à lui, je crois qu'en définitive cette fausse élégance de boutique, ces façons prétentieuses, bouche pincée, petit doigt en l'air, l'avaient ébloui comme le dernier mot de la distinction parisienne, car il était né paysan et, au fond, malgré son esprit, il le resta toujours.

Tenté de bonheur paisible, de cette vie de famille dont il était privé depuis si longtemps, Heurtebise passa deux ans loin de ses amis, s'enfouissant à la campagne, dans des coins de banlieue, toujours à la portée de ce grand Paris, qui le troublait et dont il recherchait l'atmosphère affaiblie, comme ces malades auxquels on ordonne l'air de la mer, mais qui, trop délicats pour le supporter, viennent le respirer à quelques lieues de distance. De loin en loin son nom apparaissait dans un journal, dans une revue, au bas d'un article; mais déjà ce n'était plus cette verdeur de style, ces emportements d'éloquence qu'on lui avait connus. Nous pensions : « Il est trop heureux... son bonheur le gâte. »

Puis un jour il revint parmi nous, et nous vîmes bien qu'il n'était pas heureux. Sa mine pâlie, ses traits resserrés, contractés par un perpétuel agacement, la violence de ses manières rapetissée en colère nerveuse, son beau rire sonore déjà fêlé, en faisaient un tout autre homme. Trop fier pour convenir qu'il s'était trompé, il ne se plaignait pas, mais les anciens amis auxquels il rouvrit sa maison purent vite se convaincre qu'il avait fait le plus sot des mariages, et que sa vie était désormais hors de voie. Par contre, Mme Heurtebise nous apparut, après deux ans de ménage, telle que nous l'avions vue dans la sacristie, le jour des noces. Son même sourire minaudier et calme, son même air de boutiquière endimanchée ; seulement l'aplomb lui était venu. Elle parlait maintenant. Dans les discussions artistiques où Heurtebise se lançait passionnément, avec des jugements absolus, le mépris brutal ou l'enthousiasme aveugle, la voix mielleuse et fausse de sa femme venait tout à coup l'interrompre, l'obligeant à écouter quelque raisonnement oiseux, quelque réflexion sotte toujours en dehors du sujet. Lui, gêné, embarrassé, nous regardait d'un œil qui demandait grâce, essayait de reprendre la conversation interrompue. Puis devant la contradiction intime et persistante, la sottise de cette petite cervelle d'oisillon, gonflée et vide comme un échaudé, il se taisait, résigné à la laisser aller jusqu'au bout. Mais ce mutisme exaspérait madame, lui paraissait plus injurieux, plus dédaigneux que tout. Sa voix aigre-douce devenait criarde, montait, piquait, bourdonnait avec un harcellement de mouche, jusqu'à ce que le mari, furieux, éclatât à son tour, brutal et terrible.

De ces querelles incessantes, qui se terminaient par des larmes, elle sortait reposée, plus fraîche, comme une pelouse après l'arrosage; lui, chaque fois brisé, fiévreux, incapable de tout travail. Peu à peu sa violence même se lassa. Un soir que j'avais assisté à une de ces scènes pénibles, comme Mme Heurtebise sortait de table, triomphante, je vis sur la figure de son mari, restée baissée pendant la querelle et qu'il relevait enfin, l'expression d'un mépris, d'une colère que les paroles ne pouvaient plus traduire. Rouge, les yeux pleins de larmes, la bouche tordue d'un sourire ironique et navrant, pendant que la petite femme s'en allait en refermant la porte d'un coup sec, il lui fit, comme un gamin dans le dos de son maître, une grimace atroce de rage et de douleur. Au bout d'un moment, je l'entendis murmurer d'une voix étranglée par l'émotion : « Ah! si ce n'était pas l'enfant, comme je filerais! »

Car ils avaient un enfant, un pauvre petit superbe et malpropre, qui se traînait dans tous les coins, jouait avec les chiens plus grands que lui, la terre, les araignées du jardin. La mère ne le regardait que pour constater qu'il était « dégoûtant » et regretter de ne l'avoir pas mis en nourrice. Elle avait en effet gardé ses traditions de petite bourgeoise de comptoir, et leur intérieur en désordre, où elle promenait dès le matin des robes parées et des coiffures étonnantes, rappelait les arrière-boutiques si chères à son cœur, les pièces noires de crasse et de manque d'air où l'on passe vite dans les entr'actes de la vie de commerce pour manger à la hâte un repas mal fait, sur une table sans nappe, l'oreille au guet tout le temps vers la sonnette de la porte. Dans ce monde-là il n'y a que la rue qui compte, la rue où passent les acheteurs, les flâneurs, et ce débordement de peuple en vacances qui, le dimanche, remplit le trottoir et la chaussée. Aussi, comme elle s'ennuyait, la malheureuse, à la campagne; comme elle regrettait son Paris! Heurtebise, au contraire, avait besoin des champs pour la santé de son esprit. Paris l'étourdissait comme un provincial en visite. La femme ne comprenait pas cela et se plaignait beaucoup de son exil. Pour se distraire, elle invitait d'anciennes amies. Alors, si le mari n'était pas là, on s'amusait à feuilleter ses papiers, les notes, les travaux en train.

« Voyez donc, ma chère, comme c'est drôle... Il s'enferme pour écrire ça. Il marche, il parle tout seul... Moi d'abord je ne comprends rien à tout ce qu'il fait. »

Et c'étaient des regrets sans fin, des retours sur le passé.

« Ah! si j'avais su... Quand je pense que je pouvais épouser Aubertot et Fajon, les marchands de blanc... »

Elle citait toujours les deux associés en même temps, comme si elle avait dû épouser l'enseigne. En présence du mari, on ne se gênait pas davantage. Elle le dérangeait, empêchait tout travail, installant dans la pièce même où il écrivait la causerie niaise de femmes oisives qui parlaient haut, pleines de dédain pour ce métier de littérateur qui rapporte peu, et dont les heures les plus laborieuses ressemblent toujours à une capricieuse oisiveté.

De temps en temps, Heurtebise essayait d'échapper à cette existence qu'il sentait devenir chaque jour plus sinistre. Il accourait à Paris, prenait une petite chambre à l'hôtel, voulait se figurer qu'il était garçon; mais tout à coup il pensait à son fils, et avec une envie folle de l'embrasser retournait le soir même à la campagne. Dans ces cas-là, pour éviter la scène du retour, il emmenait un ami avec lui, et le gardait là-bas le plus qu'il pouvait. Dès qu'il n'était plus seul en face de sa femme, sa belle intelligence se réveillait et ses projets de travail interrompus peu à peu l'un après l'autre lui revenaient au cœur. Mais quel déchirement quand on partait! Il aurait voulu retenir ses visiteurs, s'accrochait à eux de toute la force de son ennui. Avec quelle tristesse il nous accompagnait à la station du petit omnibus de banlieue qui nous ramenait vers Paris! et comme, nous partis, il s'en retournait lentement sur la route poudreuse, le dos rond, les bras inertes, écoutant les roues qui s'éloignaient!

C'est que le tête-à-tête était devenu insupportable. Pour l'éviter, il prit le parti d'avoir la maison toujours pleine. Son bon cœur aidant, sa lassitude, son insouciance, il s'entoura de tous les meurt-de-faim de la littérature. Un tas de valets de lettres, paresseux, toqués, visionnaires, s'installèrent chez lui, plus que lui; et comme la femme était très-sotte, incapable de juger, elle les trouvait charmants, supérieurs à son mari parce qu'ils criaient plus fort. La vie se passait en discussions oiseuses. C'était un fracas de mots vides, de poudre aux moineaux, et le pauvre Heurtebise, immobile et muet au milieu de tout ce tapage, se contentait de sourire en haussant les épaules. Quelquefois pourtant, quand, à la fin d'un repas interminable, tous ses convives, les coudes sur la nappe, commençaient autour du flacon d'eau-de-vie une de ces longues flâneries de paroles asphyxiantes comme le brouillard des pipes, un immense dégoût le prenait et, n'ayant pas la force de renvoyer tous ces malheureux, il s'en allait lui-même et restait huit jours sans revenir.

« Ma maison est pleine d'imbéciles, me disait-il un jour. Je n'ose plus rentrer. » Avec ce train de vie, il n'écrivait plus. Son nom devenait rare, et sa fortune, gaspillée à ce perpétuel besoin de monde au logis, s'en allait aux mains tendues autour de lui.

Il y avait longtemps que nous ne nous étions vus, lorsqu'un matin je reçus un mot de sa chère petite écriture, autrefois si ferme, maintenant hésitante et tremblante. — « Nous sommes à Paris. Viens me voir. Je m'ennuie. » Je le trouvai avec sa femme, son enfant, ses chiens, dans un lugubre petit appartement de Batignolles. Le désordre, qui n'avait plus l'espace pour s'étaler, semblait encore plus affreux qu'à la campagne. Pendant que l'enfant et les chiens se roulaient dans des chambres grandes comme des cases d'échiquier, Heurtebise, malade, était couché, le visage au mur, dans un état de prostration complète. La femme, toujours en tenue, toujours placide, le regardait à peine. — « Je ne sais pas ce qu'il a », me dit-elle avec un geste d'insouciance. Lui, en me voyant, retrouva un moment de gaîté, une minute de son bon rire, mais aussitôt étouffé. Comme on avait gardé à Paris les habitudes de la banlieue, à l'heure du déjeuner, dans ce ménage bouleversé par la gène, la maladie, il arriva un parasite, petit homme chauve, râpé, roide, grincheux, qu'on appelait dans la maison : « l'homme qui a lu Proudhon. » C'est ainsi qu'Heurtebise, qui n'avait sans doute jamais su son nom, le présentait à tout le monde. Quand on lui demandait : « Qui est ça? » il répondait avec conviction : « Oh! un garçon très-fort, qui a beaucoup lu Proudhon. » Il n'y paraissait guère, du reste, car cet esprit profond ne se manifestait jamais qu'à table pour se plaindre d'un rôti mal cuit ou d'une sauce manquée. Ce matin-là, l'homme qui avait lu Proudhon déclara le déjeuner détestable, ce qui ne l'empêcha pas d'en dévorer la moitié à lui tout seul.

Qu'il me sembla long et lugubre ce repas au chevet du malade! La femme bavardait comme toujours, avec une tape par-ci par-là à l'enfant, un os aux chiens, un sourire au philosophe. Pas une fois Heurtebise ne se tourna vers nous, te pourtant il ne dormait pas. Je ne sais pas même s'il pensait... Cher et vaillant garçon! Dans ces luttes mesquines et continuelles, le ressort de sa nature vigoureuse s'était brisé, et il commençait déjà à mourir. Cette agonie silencieuse, qui était plutôt un renoncement de vivre, dura quelques mois; puis Mme Heurtebise se trouva veuve. Alors comme les larmes n'avaient pas obscurci ses yeux clairs, qu'elle avait toujours le même soin de ses cheveux lisses, et qu'Aubertot et Fajon étaient encore disponibles elle épousa Aubertot et Fajon. Peut-être Aubertot, peut-être Fajon, peut-être même tous les deux. En tout cas, elle put reprendre la vie pour laquelle elle était faite, le bavardage facile et l'éternel sourire des dames de comptoir.

II

LE CREDO DE L'AMOUR

II.

LE CREDO DE L'AMOUR

ELLE avait toujours rêvé cela, être la femme d'un poëte !... Mais l'implacable destinée, au lieu de l'existence romanesque et fiévreuse qu'elle ambitionnait, lui arrangea un petit bonheur bien tranquille, en la mariant à un riche rentier d'Auteuil, aimable et doux, un peu trop âgé pour elle, et qui n'avait qu'une passion — tout à fait inoffensive et reposante — l'horticulture. Le brave homme passait son temps, le sécateur à la main, à soigner, élaguer une magnifique collection de rosiers, à chauffer la serre, arroser les corbeilles; et ma foi ! vous conviendrez bien que pour un pauvre petit cœur affamé d'idéal il n'y avait pas là une pâture suffisante. Pourtant pendant dix ans sa vie se maintint droite et uniforme comme les allées finement sablées du jardin de son mari, et elle la suivit à pas comptés en écoutant avec un ennui résigné le bruit agaçant et sec des ciseaux toujours en mouvement, ou la pluie monotone, infinie, qui tombait des pommes d'arrosoirs sur les plantes touffues. Cet horticulteur enragé avait de sa femme le même soin méticuleux que de ses fleurs. Il mesurait le froid et le chaud à son salon encombré de bouquets, craignait pour elle la gelée d'avril ou le soleil de mars; et, comme ces plantes en caisse que l'on sort et que l'on rentre à des époques déterminées, la faisait vivre méthodiquement, les yeux fixés sur le baromètre et les variations de la lune.

Elle resta ainsi longtemps, prise entre les quatre murs du jardin conjugal, innocente comme une clématite, mais avec des élans vers d'autres jardins moins réguliers, moins bourgeois, où les rosiers pousseraient toutes leurs branches, où les herbes folles seraient plus hautes que des arbres et chargées de fleurs fantastiques, inconnues, en liberté sous un soleil plus chaud. Ces jardins-là on ne les trouve guère que dans les livres des poëtes; aussi lisait-elle beaucoup de vers en cachette du pépiniériste qui ne connaissait, lui, en fait de poésies, que des distiques d'almanach :

Quand il pleut à la Saint-Médard,
Il pleut quarante jours plus tard.

Sans choix, gloutonnement, la malheureuse dévorait les plus mauvais poëmes, pourvu qu'elle y trouvât des rimes à « amour » et à « passion »; puis le livre fermé, elle passait des heures à rêver, à soupirer : « Voilà le mari qui m'aurait fallu! »

Tout cela probablement serait toujours resté à l'état vague d'aspirations, si à ce terrible moment de la trentaine, qui est l'âge décisif pour la vertu des femmes comme midi est l'heure décisive pour la beauté du jour, l'irrésistible Amaury ne s'était pas trouvé sur son chemin. Amaury est un poëte de salon, un de ces exaltés en habit noir et gants gris-perle, qui vont entre dix heures et minuit raconter dans le monde leurs extases d'amour, leurs désespoirs, leurs ivresses, mélancoliquement appuyés aux cheminées, dans la lueur des lustres, pendant que les femmes en toilette de bal écoutent, rangées en cercle, derrière leurs éventails.

Celui-là peut passer pour l'idéal du genre. Tête de bottier fatal, l'œil cave, le teint blême, il se coiffe à la russe et se lisse fortement de pommade hongroise. C'est un de ces désespérés de la vie comme les dames les aiment, toujours vêtus à la dernière mode, un lyrique refroidi chez qui le désordre de l'inspiration se devine seulement au nœud de cravate un peu lâche, négligemment attaché. Aussi il faut voir ce succès quand, de sa voix stridente, il débite une tirade de son poëme, le *Credo de l'amour*, celle surtout qui se termine par ce vers étonnant :

Moi je crois à l'amour comme je crois en Dieu!...

Remarquez que je soupçonne fort ce farceur-là de se soucier aussi peu de Dieu que du reste; mais les femmes n'y regardent pas de si près. Elles se prennent facilement à la glu des mots, et chaque fois qu'Amaury récite son *Credo de l'amour,* vous êtes sûr de voir tout autour du salon des rangées de petits becs roses s'ouvrir, se tendre vers cet hameçon facile du sentiment. Pensez donc! Un poëte qui a de si belles moustaches, et qui croit à l'amour comme il croit en Dieu...

La femme du pépiniériste n'y résista pas. En trois séances elle fut vaincue. Seulement, comme il y avait au fond de cette nature élégiaque quelque chose d'honnête et de fier, elle ne voulut pas d'une faute mesquine. D'ailleurs, dans son *Credo,* le poëte déclarait lui-même qu'il ne comprenait qu'une sorte d'adultère, celui qui marche la tête haute comme un défi à la loi et à la société. Prenant donc le *Credo de l'amour* pour guide, la jeune femme s'évada brusquement du jardin d'Auteuil et vint se jeter dans les bras de son poëte. — « Je ne peux plus vivre avec cet homme! Emmène-moi. » En pareil cas, le mari s'appelle toujours *cet homme,* même quand il est pépiniériste.

Amaury eut un moment de stupeur. Comment diable s'imaginer qu'une petite mère de trente ans irait prendre au sérieux un poëme d'amour et le suivre au pied de la lettre? Pourtant il fit contre trop bonne fortune bon cœur, et comme dans son petit jardin d'Auteuil si bien abrité la dame s'était conservée fraîche et jolie, il l'enleva sans murmurer. Les premiers jours, ce fut charmant. On craignait les poursuites du mari. Il fallut se cacher sous des noms supposés, changer d'hôtel, habiter des quartiers invraisemblables, les faubourgs de Paris, les chemins de ceinture. Le soir, on sortait furtivement, on faisait des promenades sentimentales le long des fortifications. O puissance du romanesque! Plus elle avait peur, plus il fallait de précautions, de stores, de voilettes abaissées, plus son poëte lui semblait grand. La nuit, ils ouvraient la petite fenêtre de leur chambre, et regardant les étoiles qui montaient par-dessus les fanaux du chemin de fer voisin, elle lui faisait dire et redire sa tirade :

> Moi, je crois à l'amour comme je crois en Dieu.

Et c'était bon!...

Malheureusement cela ne dura pas. Le mari les laissa trop tranquilles. Que voulez-vous? Il était philosophe, *cet homme.* Sa femme une fois partie, il avait refermé la porte verte de son oasis et s'était paisiblement remis à soigner ses roses, en songeant avec bonheur que celles-là, du moins, tenant au sol par de longues racines, ne pourraient pas s'en aller de chez lui. Nos amoureux rassurés rentrèrent dans Paris, et tout à coup il sembla à la jeune femme qu'on lui avait changé son poëte. La fuite, les craintes d'être surpris, les alertes perpétuelles, toutes ces choses qui servaient sa passion n'existant plus, elle commença à comprendre, à voir clair. Du reste, à chaque instant, dans l'installation de leur petit ménage et ces mille détails bourgeois de la vie de tous les jours, l'homme avec qui elle vivait se faisait mieux connaître.

Le peu qu'il avait en lui de sentiments généreux, héroïques ou délicats, il le délayait dans ses vers sans en rien garder pour sa consommation personnelle. Il était mesquin, égoïste, surtout très-ladre, ce que l'amour ne pardonne pas. Puis il avait coupé ses moustaches, et ce déguisement lui allait mal. Quelle différence avec ce beau ténébreux frisé au petit fer qui lui était apparu un soir récitant son *Credo* entre deux candélabres! Maintenant, dans la retraite forcée qu'il subissait à cause d'elle, il se laissait aller à toutes ses manies, dont la plus grande était de se croire toujours malade. Dame! à force de poser au poitrinaire, on finit par se figurer qu'on l'est réellement. Le poëte Amaury était tisanier, s'enveloppait de papier Fayard, couvrait sa cheminée de fioles et de poudres. Pendant quelque temps la petite femme prit au sérieux son rôle de sœur grise. Le dévouement donnait au moins une excuse à sa faute, un but à sa vie. Mais elle se lassa vite. Malgré elle, dans la pièce étouffée où le poëte s'entourait de flanelle, elle pensait à son petit jardin tout parfumé, et le bon pépiniériste, vu de loin au milieu de ses massifs, de ses corbeilles, lui semblait simple, touchant, désintéressé, autant que l'autre était exigeant et égoïste...

Au bout d'un mois elle aimait son mari, et elle l'aimait réellement, non pas d'une affection d'habitude, mais d'amour véritable. Un jour elle lui écrivit une longue lettre passionnée et repentante. Il ne répondait pas. Peut-être ne la trouvait-il pas encore assez punie. Alors elle envoya lettres sur lettres, s'humilia, supplia pour rentrer, disant qu'elle aimerait mieux mourir que de continuer à vivre avec cet homme. C'était au tour de l'amant de s'appeler « cet homme. » Le rare, c'est qu'elle se cachait de lui pour écrire; car elle le croyait encore épris, et tout en demandant pardon à son mari, elle craignait l'exaltation de son amant.

« Jamais il ne me laissera partir », se disait-elle.

Aussi, lorsqu'à force de prier elle eut obtenu son pardon et que le pépiniériste — ne vous ai-je pas dit que c'était un philosophe? — eut consenti à la reprendre, cette rentrée au logis conjugal eut tous les côtés mystérieux, dramatiques d'une fuite. Positivement elle se fit enlever par son mari. Ce fut sa dernière jouissance de coupable. Un soir que le poëte, las de la vie à deux et tout fier de ses moustaches repoussées, était allé dans le monde réciter son *Credo de l'amour*, elle sauta dans un fiacre où son vieux mari l'attendait au bout de la rue, et c'est ainsi qu'elle revint au petit jardin d'Auteuil, à jamais guérie de son ambition d'être la femme d'un poëte... Il est vrai que ce poëte-là l'était si peu !

III

LA TRANSTÉVÉRINE

III.

LA TRANSTÉVÉRINE.

La pièce venait de finir. Pendant que la foule, diversement impressionnée, se précipitait au dehors, ondoyant aux lumières sur le grand perron du théâtre, quelques amis, dont j'étais, attendaient le poëte à la porte des artistes pour le féliciter. Son œuvre n'avait pourtant pas eu un immense succès. Trop forte pour l'imagination timide et banale du public de maintenant, elle dépassait le cadre de la scène, cette limite des conventions et des libertés permises. La critique pédante avait dit : « Ce n'est pas du théâtre!... » et les ricaneurs du boulevard se vengeaient de l'émotion que venaient de leur donner ces vers magnifiques en répétant : « Ça ne fera pas le sou !... » Nous, nous étions fiers de notre ami qui avait osé faire sonner, tourbillonner ses belles rimes d'or, tout l'essaim de sa ruche autour du soleil factice et meurtrier du lustre, et présenter des personnages grands comme nature, sans s'inquiéter de l'optique du théâtre moderne, des lorgnettes troubles ni des mauvais yeux.

Parmi les machinistes, les pompiers, les figurants en cache-nez, le poëte s'approcha de nous, sa grande taille courbée en deux, son collet relevé frileusement sur sa barbe grêle et ses longs cheveux déjà grisonnants. Il avait l'air triste. Les applaudissements de la claque et des lettrés, restreints à un coin de la salle, lui prédisaient un nombre très-court de représentations, les spectateurs choisis et rares, l'affiche vite enlevée sans laisser à son nom le temps de s'imposer. Quand on a travaillé pendant vingt ans, qu'on est en pleine maturité de talent et d'âge, cette résistance de la foule à vous comprendre a quelque chose de lassant, de désespérant. On en vient à se dire : « Ils ont peut-être raison. » On a peur, on ne sait plus... Nos acclamations, nos poignées de main enthousiastes le réconfortèrent un peu. « Vraiment, vous croyez? C'est si bien que cela?... C'est vrai que j'ai fait tout ce que j'ai pu. » Et ses mains brûlantes de fièvre s'accrochaient aux nôtres avec inquiétude ; ses yeux pleins de larmes cherchaient un regard sincère et rassurant. C'était l'angoisse suppliante du malade demandant au médecin : « N'est-ce pas que je ne vais pas mourir? » Non! poëte, tu ne mourras pas. Les opérettes et les féeries qui ont des centaines de représentations, des milliers de spectateurs, seront oubliées depuis longtemps, envolées avec leur dernière affiche, que ton œuvre restera toujours jeune et vivante...

Pendant que sur le trottoir désert nous étions là à l'exhorter, à le remonter, une forte voix de contralto éclata au milieu de nous, trivialisée par l'accent italien.

« Hé! l'artiste, assez de *pouégie*... Allons manger l'*estoufato!*... »

En même temps une grosse dame entourée d'une capeline et d'un tartan à carreaux rouges vint passer son bras sous celui de notre ami d'un mouvement si brutal, si despotique, que sa physionomie, son attitude en furent tout de suite gênées.

« Ma femme », nous dit-il; puis, se tournant vers elle avec un sourire hésitant :

« Si nous les emmenions pour leur montrer comment tu fais l'*estoufato?* »

Prise par son amour-propre de cordon bleus l'Italienne consentit assez gracieusement à nous recevoir, et nous voilà partis cinq ou six avec eux pour aller manger du bœuf à l'étouffée sur les hauteurs de Montmartre où ils habitaient.

J'avoue que j'avais un certain désir de connaître cet intérieur d'artiste. Notre ami depuis son mariage vivait très-retiré, presque toujours à la campagne; mais ce que je savais de sa vie tentait ma curiosité. Il y avait quinze ans de cela, dans toute la ferveur d'une imagination romantique, il avait rencontré aux environs de Rome une superbe fille dont il était devenu très-amoureux. Maria Assunta habitait avec son père et toute une nichée de frères et de sœurs une de ces petites maisons du Transtévère qui ont les pieds dans le Tibre et un vieux bateau de pêche au ras de leurs murs. Un jour il aperçut cette belle Italienne, les pieds nus dans le sable, avec sa jupe rouge aux plis collants, ses manches de toile bise relevées jusqu'aux épaules, retirant des anguilles d'un grand filet ruisselant. Les écailles luisantes dans les mailles pleines d'eau, le fleuve d'or, la jupe écarlate, ces beaux yeux noirs, profonds, pensifs, dont la rêverie s'assombrissait de tout le soleil environnant, frappèrent l'artiste, peut-être même un peu vulgairement, comme une estampe de romance à la devanture d'un éditeur de musique. Par hasard la fille avait le cœur libre, n'ayant encore aimé qu'un gros chat sournois et roux, grand pêcheur d'anguilles lui aussi, et qui hérissait son poil quand on s'approchait de sa maîtresse.

Bêtes et gens, notre amoureux parvint à apprivoiser tout ce monde, se maria à Sainte-Marie du Transtévère, et ramena en France la belle Assunta avec son *cato*...

Ah! *povero*, ce qu'il aurait dû emporter aussi, c'était un rayon du soleil de là-bas, un pan de ciel bleu, l'excentrité du costume, et les roseaux du Tibre, et les grands filets tournants du *Ponte Rotto*, tout le cadre avec l'image. Alors il n'aurait pas eu la cruelle désillusion qu'il éprouva quand, le ménage installé à un petit quatrième, tout en haut de Montmartre, il vit sa belle Transtévérine affublée d'une crinoline, d'une robe à volants et d'un chapeau parisien qui, toujours mal équilibré sur l'édifice de ses nattes lourdes, prenait des attitudes complétement indépendantes. A la froide et terrible clarté des ciels de Paris, le malheureux s'aperçut bientôt que sa femme était bête, irrémissiblement bête. Ces beaux yeux noirs, perdus en des contemplations infinies, ne roulaient pas une pensée dans leurs ondes de velours. Ils brillaient animalement du calme de la digestion, d'un heureux reflet du jour, rien de plus. Avec cela la dame était grossière, rustique, habituée à conduire d'un revers de main tout le petit monde de la cabane, et la moindre résistance lui causait des colères terribles.

Qui eût dit que cette belle bouche, contractée par le silence dans la forme la plus pure des visages antiques, s'ouvrait tout à coup pour laisser passer l'injure à flots pressés, tumultueux?... Sans respect d'elle ni de lui, tout haut, dans la rue, en plein théâtre, elle lui cherchait querelle, lui faisait des scènes de jalousie épouvantables. Pour l'achever, aucun sentiment des choses artistiques, une ignorance complète du métier de son mari, de la langue, des usages, de tout. Le peu de français qu'on lui apprit ne servant qu'à lui faire oublier l'italien, elle arriva à se composer une espèce de jargon mi-parti, qui était du plus haut comique. Bref cette histoire d'amour, commencée comme un poëme de Lamartine, se terminait comme un roman de Champfleury... Après avoir longtemps essayé de civiliser sa sauvagesse, le poëte vit bien qu'il fallait y renoncer. Trop honnête pour l'abandonner, peut-être amoureux encore, il prit le parti de se cloîtrer, de ne voir personne, de travailler beaucoup. Les rares intimes, qu'il avait admis dans son intérieur, s'aperçurent qu'ils le gênaient et ne vinrent plus. C'est ainsi que depuis quinze ans il vivait enfermé dans son ménage comme dans une logette de lépreux...

Tout en pensant à cette misérable existence, je regardais l'étrange couple marcher devant moi. Lui, frêle, long, un peu voûté. Elle, carrée, épaisse, secouant des épaules son châle qui la gênait, indépendante dans sa marche comme un homme. Elle était assez gaie, parlait fort, et de temps en temps se retournait pour voir si nous suivions, appelant ceux d'entre nous qu'elle connaissait, très-haut, familièrement par leurs noms, en s'aidant de grands gestes, comme elle aurait hélé une barque de pêche sur le Tibre. Quand nous arrivâmes chez eux, le concierge, furieux de voir entrer à une heure indue toute une bande bruyante, ne voulait pas nous laisser monter. Entre l'Italienne et lui ce fut dans l'escalier une scène terrible. Nous étions tous échelonnés sur les marches tournantes, à demi éclairés par le gaz qui mourait, gênés, malheureux, ne sachant pas s'il fallait redescendre.

« Venez vite, montons », nous dit le poëte à voix basse, et nous le suivîmes silencieusement, pendant qu'appuyée à la rampe qui tremblait de son poids et de sa colère, l'Italienne égrenait un chapelet d'injures où les imprécations romaines alternaient avec le vocabulaire des boulevards extérieurs. Quelle rentrée pour ce poëte qui venait d'agiter tout le Paris artistique, et gardait encore dans ses yeux enfiévrés l'éblouissement de sa première! Quel rappel humiliant à la vie!...

Ce fut seulement près du feu de son petit salon que le froid glacial causé par cette sotte aventure se dissipa, et bientôt nous n'y aurions plus pensé, sans la voix éclatante et les gros rires de la signora qu'on entendait dans la cuisine raconter à sa bonne comment elle avait secoué cette espèce de *choulato!*... Le couvert mis, le souper préparé, elle vint s'asseoir au milieu de nous, sans châle, sans chapeau ni voile; et je pus la regarder à mon aise. Elle n'était plus belle. La figure carrée, le menton large, épaissi, les cheveux grisonnants et gros, surtout l'expression vulgaire de la bouche contrastaient singulièrement avec l'éternelle et banale rêverie des yeux. Les deux coudes appuyés sur la table, familière et avachie, elle se mêlait à la conversation sans perdre un instant de vue son assiette. Juste au-dessus de sa tête, fier parmi les mélancoliques vieilleries du salon, un grand portrait signé d'un nom illustre s'avançait de l'ombre : c'était Maria Assunta à vingt ans. Le costume de pourpre vive, le blanc laiteux de la guimpe plissée, l'or brillant des bijoux abondants et faux faisaient magnifiquement ressortir l'éclat d'un teint de soleil, l'ombre veloutée des cheveux épais plantés bas sur le front et qu'un duvet presque imperceptible rattachait à la ligne superbe et droite des sourcils. Comment cette exubérance de beauté et de vie avait-elle pu arriver à tant de vulgarité ?... Et curieusement, pendant que la Transtévérine parlait, j'interrogeais sur la toile son beau regard profond et doux.

La chaleur de la table l'avait mise de bonne humeur. Pour ranimer le poète à qui son insuccès mêlé de gloire serrait doublement le cœur, elle lui donnait de grandes claques dans le dos, riait la bouche pleine, disant en son affreux jargon que ce n'était pas la peine pour si peu de se flanquer la tête en bas du *campanile del domo.*

« Pas vrai *il cato?* » ajoutait-elle en se tournant vers le vieux matou perclus de rhumatismes qui ronflait devant le feu. Puis tout à coup, au milieu d'une discussion intéressante, elle criait à son mari d'une voix bête et brutale comme un coup d'escopette :

« Hé! l'artiste..., *la lampo qui filo!* »

Vivement le malheureux s'interrompait pour remonter la lampe, humble, soumis, attentif à éviter la scène qu'il craignait et que malgré tout il n'évita pas.

En revenant du théâtre, nous nous étions arrêtés à la *Maison d'or* pour prendre une bouteille de vin fin dont on devait arroser *l'estoufato.* Tout le temps de la route, Maria Assunta l'avait portée religieusement sous son châle et posée, en arrivant, sur la table où elle la couvait d'un œil attendri, car les Romaines aiment le bon vin. Deux ou trois fois déjà, se méfiant des distractions de son mari et de ses grands bras, elle lui avait dit :

« Prends garde à la *boteglia...,* tu vas la casser. »

Enfin, en allant à la cuisine retirer elle-même le fameux *estoufato,* elle lui cria encore :

« Surtout ne casse pas la *boteglia.* »

Malheureusement, dès que sa femme ne fut plus là, le poëte en profita pour parler de l'art, du théâtre, du succès, si librement, avec tant de verve et d'abondance que... patatras!... A un geste plus éloquent que les autres, voilà la bouteille mirifique en mille pièces au milieu du salon. Jamais je n'ai vu un saisissement pareil. Il s'arrêta court, devint très-pâle... En même temps, le contralto d'Assunta gronda dans la pièce à côté, et l'Italienne apparut sur la porte, les yeux en feu, la lèvre gonflée de colère, toute rouge de la chaleur des fourneaux.

« La *boteglia!* » cria-t-elle d'une voix terrible.

Alors, lui timidement se pencha à mon oreille :

« Dis que c'est toi... »

Et le pauvre diable avait si peur, que je sentait sous la table ses longues jambes qui tremblaient...

IV

UN MÉNAGE

DE CHANTEURS

IV.

UN MÉNAGE

DE CHANTEURS.

COMMENT ne se seraient-ils pas aimés? Beaux et célèbres tous les deux, chantant dans les mêmes pièces, vivant chaque soir pendant cinq actes de la même vie artificielle et passionnée. On ne joue pas impunément avec le feu. On ne se dit pas vingt fois par mois : « Je t'aime! » sur des soupirs de flûte et des tremolos de violon sans finir par se prendre à l'émotion de sa propre voix. A la longue, la passion leur vint dans des enveloppements d'harmonie, des surprises de rhythme, des splendeurs de costumes et de toiles de fond. Elle leur arriva par la fenêtre qu'Elsa et Lohengrin ouvrent toute grande sur la nuit vibrante de sons et de clartés :

> Viens respirer les senteurs enivrantes...

Elle se glissa entre les colonnes blanches du balcon des Capulets, où Roméo et Juliette s'attardent sous des lueurs d'aube :

> Non ! ce n'est pas le jour, ce n'est pas l'alouette.

Et mollement elle surprit Faust et Marguerite dans ce rayon de lune qui monte du banc rustique aux volets de la petite chambre, parmi des entrelacements de lierre et de roses fleuries :

> Laisse-moi, laisse-moi contempler ton visage.

Bientôt tout Paris connut leur amour et s'y intéressa. Ce fut la curiosité de la saison. On venait admirer ces deux belles étoiles gravitant doucement l'une vers l'autre dans le ciel musical de l'Opéra. Enfin, un soir, après un rappel enthousiaste, comme la toile achevait de se baisser, séparant la salle bruyante d'applaudissements et la scène semée de bouquets, où la robe blanche de Juliette traînaît sur des camélias effeuillés, les deux chanteurs furent pris d'un élan irrésistible, comme si leur amour, un peu factice, n'attendait pour se révéler que l'émotion d'un grand triomphe. Leurs mains s'étreignirent, des serments s'échangèrent, consacrés par les bravos lointains et persistants de la salle. Les deux étoiles avaient fait leur conjonction.

Après le mariage, on resta quelque temps sans les revoir à la scène. Puis, le congé expiré, ils rentrèrent ensemble dans la même pièce. Cette rentrée fut une révélation. Jusqu'à ce jour, entre les deux chanteurs c'était l'homme qui avait primé. Plus âgé, mieux fait au public dont il connaissait bien les faiblesses, les préférences, il jouait du parterre et des loges avec sa voix. Près de lui, l'autre ne semblait guère qu'une élève admirablement douée, la promesse d'un génie futur; sa voix trop jeune avait des angles, ainsi que ses épaules un peu minces et grêles. Aussi, au retour, quand elle parut dans un de ses rôles d'autrefois et que le son plein, riche, étoffé, s'échappa dès les premières notes, abondant et pur comme l'eau d'une source vive, il y eut dans la salle un charme d'étonnement si grand que tout l'intérêt de la soirée se concentra autour d'elle. Ce fut pour la jeune femme un de ces jours heureux où l'atmosphère qui vous entoure se fait limpide, légère, vibrante, pour vous apporter tous les rayons, toutes les adulations du succès. Quant au mari, on oublia presque de l'applaudir, et comme tous les éblouissements font une ombre profonde auprès d'eux, il se trouva relégué ni plus ni moins qu'un comparse dans le coin le plus obscur de la scène.

Après tout, cette passion qui s'était révélée dans le jeu de la chanteuse, dans sa voix doublée de charme et de tendresse, était inspirée par lui. Lui seul donnait la flamme à ces yeux profonds; et cette idée aurait dû le rendre fier, mais la vanité du comédien fut plus forte. A la fin du spectacle, il appela le chef de claque et le secoua de la belle façon. On avait manqué ses entrées, ses sorties, oublié le rappel du troisième acte. Il se plaindrait au directeur...

Hélas! Il eut beau dire, et la claque eut beau faire, la faveur du public, désormais conquise à sa femme, lui resta définitivement. Il y eut pour elle un bonheur de rôles bien choisis, appropriés à son talent, à sa beauté, où elle apparaissait avec la tranquillité d'une mondaine entrant au bal parée des couleurs qui lui vont et sûre d'une ovation. A chaque nouveau succès le mari se montrait triste, nerveux, irritable. Cela lui faisait l'effet d'un vol, cette vogue qui s'en allait de lui à elle sans retour. Longtemps il essaya de cacher à tous, surtout à sa femme, cette souffrance inavouable; mais un soir, comme elle montait l'escalier de sa loge tenant à deux mains sa robe chargée de bouquets, et que toute à son triomphe elle lui disait d'une voix encore oppressée de la secousse des applaudissements : « Nous avions une belle salle aujourd'hui. » Il lui répondit un : « Tu trouves!... » si ironique, si amer, que l'esprit de la jeune femme s'ouvrit à la vérité subitement.

Son mari était jaloux! non pas d'une jalousie d'amant qui veut sa femme belle pour lui seul, mais d'une jalousie d'artiste, froide, féroce, implacable. Parfois, quand elle s'arrêtait à la fin d'un air et que les bravos multipliés tombaient vers elle de toutes les mains tendues, il affectait une physionomie impassible, distraite, et son regard absent semblait dire aux spectateurs : « Quand vous aurez fini d'applaudir, moi je chanterai. »

Oh! les applaudissements, ce bruit de grêle qui a de si douces résonnances dans les couloirs, la salle, les coulisses, lorsqu'une fois on l'a connu, il est impossible de s'en passer. Les grands comédiens ne meurent ni de maladie ni de vieillesse; ils cessent d'exister quand on ne les applaudit plus. Celui-ci, devant l'indifférence du public, fut pris d'un véritable désespoir. Il maigrissait, devenait hargneux, méchant. Il avait beau se raisonner, regarder bien en face son mal inguérissable, se répéter avant d'entrer en scène :

« C'est ma femme pourtant... Et je l'aime!... »

A la facticité du théâtre, le sentiment vrai tombait tout de suite. Il aimait encore la femme, mais il détestait la cantatrice. Elle s'en apercevait bien, et, comme on soigne un malade, surveillait cette triste manie. D'abord elle avait songé à amoindrir son succès, en se ménageant, en ne donnant pas toute sa voix, tous ses moyens; mais ses résolutions comme celles du mari ne tenaient pas devant le feu de la rampe. Son talent, presque indépendant d'elle-même, dépassait sa volonté. Alors elle s'humilia, se fit petite devant lui. C'étaient des conseils qu'elle lui demandait; s'il l'avait trouvée bonne, s'il comprenait bien le rôle ainsi...

Naturellement, l'autre n'était jamais content. Avec cet air bonhomme, ce ton de fausse camaraderie que les comédiens ont entre eux, il lui disait, les soirs où elle avait le plus de succès :

« Surveille-toi, petite... ça ne va pas en ce moment... tu n'es pas en progrès. »

D'autres fois il voulait l'empêcher de chanter :

« Prends garde, tu te prodigues... tu en fais trop... Ne lasse pas ta chance... Tiens, sais-tu! tu devrais prendre un congé. »

Il descendait jusqu'aux prétextes bêtes. Elle était enrhumée, pas en voix. Ou bien il lui cherchait des querelles de cabotin :

« Tu as repris trop vite le finale du duo... tu as tué mon effet... C'est un parti pris. »

Sans s'apercevoir, le malheureux! que c'était lui qui la gênait dans son jeu, précipitait les répliques pour l'empêcher d'être applaudie et, dans son désir de reprendre son public, accaparait le haut bout de la scène, laissant sa femme chanter au second plan. Elle ne se plaignait pas, elle l'aimait trop. D'ailleurs, le triomphe rend indulgent, et chaque soir, de l'ombre où elle essayait de se blottir, de s'effacer, le succès 'lobligeait à reparaître glorieusement en pleine lumière. Au théâtre, on s'aperçut vite de ce singulier cas de jalousie, et les camarades s'en amusèrent. On accablait le chanteur de compliments sur le talent de sa femme. On lui mettait sous les yeux l'article de la veille où, à la suite de quatre grandes colonnes consacrées à l'étoile, le critique accordait quelques lignes à la vogue presque éteinte du mari. Un jour, en venant de lire un de ces articles, il entra dans la loge de sa femme, furieux, le journal déployé, et lui dit, blême de colère :

« Cet homme a donc été votre amant? » Il

en arrivait à ce degré d'injure. Aussi la malheureuse femme, fêtée, enviée, dont le nom en vedette sur l'affiche se lisait maintenant à tous les coins de Paris, accaparé même par les étalages comme une chance de succès, par les étiquettes menues et dorées des confiseurs, des parfumeurs, avait l'existence la plus triste, la plus humiliée. Elle n'osait plus ouvrir un journal, de peur de lire son éloge, pleurait sur les fleurs qu'on lui jetait et qu'elle laissait mourir dans un coin de sa loge pour ne pas perpétuer à la maison le souvenir cruel de ses triomphantes soirées. Elle voulut renoncer au théâtre, mais son mari s'y opposa.

« On dira que c'est moi qui t'ai fait partir. »

Et l'horrible supplice continua pour tous deux.

Un soir de première représentation, la chanteuse allait entrer en scène. Quelqu'un lui dit : « Tenez-vous bien... Il y a une cabale dans la salle contre vous. » Cela la fit rire. Une cabale contre elle? Et à propos de quoi, bon Dieu!... Elle qui n'avait que des sympathies, qui vivait en dehors de toute coterie. C'était bien vrai, pourtant. Au milieu de la pièce, dans un grand duo avec son mari, au moment où sa voix superbe, montée au plus haut point de son registre, achevait le son sur une suite de notes égales et pures comme les perles rondes d'un collier, une bordée de sifflets l'arrêta net. La salle était aussi émue, aussi surprise qu'elle-même. Le souffle des respirations paraissait suspendu, prisonnier dans les poitrines comme le trait qu'elle n'avait pas pu finir. Tout à coup une idée folle, épouvantable, lui traversa l'esprit... Il était seul en scène, en face d'elle. Elle le regarda fixement, et vit passer dans ses yeux l'éclair d'un mauvais sourire. La pauvre femme comprit. Les sanglots l'étouffaient. Elle ne put que fondre en larmes et disparaître aveuglée dans l'encombrement des coulisses...

C'était son mari qui l'avait fait siffler!

V

UN MALENTENDU

V.

UN MALENTENDU.

VERSION DE LA FEMME.

QU'EST-CE *qu'il a? De quoi m'en veut-il? Je n'y comprends rien. J'ai pourtant tout fait pour le rendre heureux... Mon Dieu! je ne dis pas qu'au lieu d'un poëte je n'aurais pas mieux aimé épouser un notaire, un avoué, quelque chose de plus posé, de moins en l'air comme profession; mais enfin, tel qu'il était, il me plaisait. Je le trouvais un peu exalté, mais gentil tout de même, bien élevé; puis il avait quelque fortune, et je pensais qu'une fois marié, sa poésie ne*

V.

UN MALENTENDU.

VERSION DU MARI.

J'AVAIS pensé à tout, pris toutes mes précautions. Je ne voulais pas d'une Parisienne, parce que les Parisiennes me faisaient peur. Je ne voulais pas d'une femme riche qui m'apporterait avec elle tout un train d'exigences. Je craignais aussi la famille, ce terrible enlacement d'affections bourgeoises, accapareuses, qui vous emprisonnent, vous rapetissent, vous étouffent. Ma femme était bien ce que je rêvais. Je me disais : « Elle me devra tout. » Quelle joie de former

VERSION DE LA FEMME.

l'empêcherait pas de chercher une bonne place, ce qui nous mettrait tout à fait à l'aise. Lui aussi dans ce temps-là me trouvait à son idée. Quand il venait me voir chez ma tante, à la campagne, il n'avait pas assez de paroles pour admirer l'ordre et l'arrangement de notre petit logis, tenu comme un couvent. « C'est amusant !... » disait-il. Il riait, m'appelait de toutes sortes de noms pris dans des poëmes, des romans qu'il avait lus. Cela me choquait un peu, je l'avoue; je l'aurais voulu plus sérieux. Mais ce n'est que quand nous avons été mariés, installés à Paris, que j'ai senti la différence de nos deux natures.

Moi qui rêvais un petit intérieur bien tenu, clair et propret, je l'ai vu tout de suite encombrer notre appartement de meubles inutiles, passés de mode, perdus de poussière, avec des tapisseries fanées, et si anciennes... Pour tout, ç'a été la même chose. Concevez-vous qu'il m'a fait mettre au grenier une très-jolie pendule Empire, qui me venait de ma tante, et des tableaux magnifiquement enca-

cet esprit naïf aux belles choses, d'initier cette âme pure à mes enthousiasmes, à mes espérances, de donner la vie à cette statue!

C'est qu'elle avait l'air, en effet, d'une statue avec ses grands yeux sérieux et calmes, son profil grec si régulier, ses traits légèrement arrêtés et sévères, mais adoucis par le flou des jeunes visages, ce duvet nuancé de rose, l'ombre des cheveux soulevés. Joignez à cela un petit accent provincial qui faisait ma joie, que j'écoutais les yeux fermés comme un souvenir d'heureuse enfance, l'écho d'une vie tranquille dans un coin bien loin, bien ignoré. Et dire que maintenant cet accent-là m'est devenu insupportable!... Mais alors j'avais la foi. J'aimais, j'étais heureux, disposé à l'être encore plus. Plein d'ardeur au travail, j'avais, sitôt marié, commencé un nouveau poëme, et le soir je lui lisais les vers de la journée. Je voulais la faire entrer complétement dans mon existence. Les premières fois, elle me disait: « C'est gentil... »

drés, donnés par des amies de pension. Il trouvait tout cela hideux. J'en suis encore à me demander pourquoi. Car enfin son cabine de travail était un ramassis de vieilles toiles enfumées, de statuettes que j'avais honte de regarder, d'antiquailles ébréchées, bonnes à rien, des chandeliers pleins de vert-de-gris, des vases où fuyait l'eau, des tasses dépareillées. A côté de mon beau piano en palissandre, il en avait mis un petit, tout vilain, tout écaillé, où manquait la moitié des notes, et si usé qu'on l'entendait à peine. A part moi, je commençais à me dire : « Ah çà ! mais, un artiste, c'est donc un peu un fou... Il n'aime que les choses inutiles, il méprise tout ce qui peut servir. »

Quand je vis ses amis, le monde qu'il recevait, ce fut bien pis. Des gens à cheveux longs, à grandes barbes, mal peignés, mal habillés, qui ne se gênaient pas pour fumer devant moi et me faisaient mal à entendre, tellement toutes leurs idées se trouvaient à l'envers des miennes. C'étaient de grands mots, de grandes phrases,

VERSION DU MARI.

et je lui étais reconnaissant de cette approbation enfantine, espérant qu'à la longue elle comprendrait mieux ce qui faisait ma vie.

La malheureuse! comme j'ai dû l'assommer! Après lui avoir lu mes vers, je les lui expliquais, cherchant dans ses beaux yeux étonnés la lueur attendue, croyant l'y voir toujours. Je l'obligeais à me donner son avis et je glissais sur les sottises pour retenir seulement ce que le hasard lui inspirait de bon. J'aurais tant désiré en faire ma vraie femme, la femme d'un artiste!... Mais non! Elle ne comprenait pas. J'avais beau lui lire les grands poëtes, m'adresser aux plus forts, aux plus tendres, les rimes d'or des poëmes d'amour tombaient devant elle avec l'ennui et la froideur d'une averse. Une fois, je me souviens, nous lisions la *Nuit d'octobre;* elle m'interrompit, pour me demander quelque chose de plus sérieux. J'essayai alors de lui expliquer qu'il n'y a rien de plus sérieux au monde que la poésie, qui est l'essence même de la vie et flotte au-dessus d'elle comme une

rien de naturel, rien de simple. Avec cela pas la moindre notion des convenances : vous pouviez les avoir à dîner vingt fois de suite, jamais une visite, jamais une politesse. Pas même une carte, un bonbon au jour de l'an. Rien... Quelques-uns de ces messieurs étaient mariés et nous amenaient leurs femmes. Il fallait voir le genre de ces personnes-là! A tous les jours des toilettes superbes, comme je n'en porterai jamais, Dieu merci! Et si mal arrangées, sans ordre ni méthode. Des cheveux bouffants, des jupes traînantes, puis des talents qu'elles montraient effrontément. Il y en avait qui chantaient comme des actrices, jouaient du piano comme des professeurs; toutes bavardaient de tout comme des hommes. Est-ce raisonnable, je vous le demande? Est-ce que des femmes sérieuses, une fois mariées, doivent penser à autre chose qu'aux soins de l'intérieur? C'est ce que j'ai essayé de faire comprendre à mon mari, qui était peiné de me voir abandonner la musique. La musique, c'est bon quand on est petite fille et qu'on n'a

lumière vibrante où les mots, les pensées s'élèvent et se transfigurent. Oh! le sourire dédaigneux de sa jolie bouche et la condescendance du regard!... On eût dit que c'était un enfant ou un fou qui lui parlait.

Ce que j'ai dépensé ainsi de forces, d'éloquence inutile! Rien n'y pouvait. Je me butais perpétuellement à ce qu'elle appelait le bon sens, la raison, cette excuse éternelle des cœurs secs et des esprits étroits. Et ce n'est pas seulement la poésie qui l'ennuyait. Avant notre mariage, je l'avais crue musicienne. Elle paraissait comprendre les morceaux qu'elle jouait, soulignés par son professeur. A peine mariée, elle a fermé son piano, renoncé à la musique... Savez-vous rien de plus triste que cet abandon par la jeune femme de tout ce qui plaisait dans la jeune fille? La réplique donnée, le rôle fini, l'ingénue quitte son costume. Tout cela n'était qu'en vue du mariage, une surface de petits talents, de jolis sourires et de passagère élégance. Chez elle le changement a été instan-

rien de mieux à faire. Mais, franchement, je me serais trouvée ridicule à me mettre tous les jours devant un piano.

Oh! je le sais bien. Son grand grief contre moi, c'est que j'aie voulu l'arracher à cet étrange milieu si dangereux pour lui. « Vous avez éloigné tous mes amis, » me reproche-t-il souvent. Oui, je l'ai fait, et je ne m'en repens pas. Ces gens-là auraient fini par me le rendre fou. Quelquefois, en les quittant, il passait la nuit à rimailler, à se promener de long en large en parlant haut. Comme s'il n'était pas déjà assez bizarre, assez original par lui-même, sans qu'on vînt encore l'exciter! En ai-je supporté des caprices, des lubies! Tout à coup, le matin, il arrivait dans ma chambre : « Vite, ton chapeau... Nous allons à la campagne. » Il fallait tout laisser là, la couture, le ménage, prendre des voitures, des chemins de fer, dépenser un argent! Et moi qui ne songeais qu'à économiser. Car enfin, ce n'est pas avec quinze mille francs de rente qu'on est riche à Paris et qu'on fait un avoir

tané. J'avais d'abord espéré que le goût que je ne pouvais pas lui donner, l'intelligence de l'art, des belles choses, lui viendraient malgré elle dans cet admirable Paris où les yeux, l'esprit s'affinent sans s'en douter. Mais que faire d'une femme qui ne sait pas ouvrir un livre, regarder un tableau, que tout ennuie, qui ne veut rien voir? Je compris qu'il fallait me résigner à n'avoir près de moi qu'une ménagère active et économe, oh! très-économe. La femme selon Proudhon, rien de plus. J'en aurais pris mon parti; tant d'artistes sont dans mon cas! Mais ce rôle modeste ne lui suffisait pas.

Peu à peu, sournoisement, silencieusement, elle est arrivée à éloigner tous mes amis. Devant elle, nous ne nous gênions pas. Nous parlions comme par le passé; et de nos exagérations artistiques, de ces axiomes fous, de ces paradoxes où l'idée se travestit pour mieux sourire, elle ne comprenait ni la fantaisie ni l'ironie. Tout cela ne faisait que l'irriter et la confondre. Assise dans un petit coin du salon,

à ses enfants. Dans le commencement, il riait de mes observations, tâchait de me faire rire; puis, quand il a vu ma ferme intention de rester sérieuse, il m'en a voulu de ma simplicité, de mes goûts d'intérieur. Est-ce ma faute, à moi, si je déteste le théâtre, les concerts, toutes ces soirées artistiques où il voulait m'entraîner et où il retrouvait ses connaissances d'autrefois, un tas d'écervelés, de bohèmes, de dissipateurs?

Un moment j'avais cru qu'il deviendrait plus raisonnable. J'étais parvenue à le sortir de son vilain monde, à nous faire un entourage de gens sensés, bien posés, à lui créer des relations utiles... Eh bien! non. Monsieur s'ennuyait. Il s'ennuyait du matin au soir. A nos petites soirées, où j'installais pourtant un whist, un thé, tout ce qu'il fallait, il apportait une figure, une humeur! Quand nous étions seuls, la même chose. Pourtant j'étais pleine d'attentions. Je lui disais : « Lis-moi un peu ce que tu fais. » Il me récitait des vers, des tirades. Je n'y comprenais rien, mais

VERSION DU MARI.

elle écoutait sans rien dire, se promettant bien d'éliminer un à un tous ceux qui la choquaient si fort. Malgré le bon accueil apparent, on sentait déjà chez moi ce petit courant d'air froid qui vous avertit que la porte est entr'ouverte et qu'il sera bientôt temps de s'en aller.

Mes amis partis, elle les a remplacés par les siens. Je me suis vu envahir par un monde inepte, étranger à l'art, ennuyeux et méprisant profondément la poésie, parce que « ça ne rapporte pas ». Exprès, on citait très-haut devant moi les noms des faiseurs à la mode, des fabricants de pièces et de romans à la douzaine : « Un tel gagne beaucoup d'argent!... »

Gagner de l'argent! tout est là pour ces monstres, et j'avais la douleur de voir ma femme penser avec eux. Dans ce milieu sinistre, toutes ses habitudes provinciales, ses vues mesquines et bornées s'étaient rétrécies encore en une incroyable avarice.

VERSION DE LA FEMME.

j'avais l'air de m'y intéresser, et par-ci par-là je faisais au hasard une petite remarque qui du reste avait le don de l'agacer toujours. En un an, en travaillant jour et nuit, il n'a pu faire de toutes ses rimes qu'un seul livre qui ne s'est pas vendu du tout. Je lui ai dit : « Ah !... tu vois bien... » par raison, pour l'amener à quelque chose de mieux compris, de plus productif. Il a eu une colère épouvantable, et depuis, une tristesse perpétuelle qui me rendait très-malheureuse. Mes amies me conseillaient de leur mieux : « Voyez-vous, ma chère, c'est l'ennui, la mauvaise humeur d'un homme inoccupé... S'il travaillait un peu plus, il ne serait pas aussi sombre. »

Alors je me suis mise en quête, et tout le monde autour de moi, pour lui chercher une place. J'ai remué ciel et terre, j'ai fait je ne sais combien de visites à des femmes de secrétaires généraux, de chefs de division, je suis allée jusqu'au cabinet du ministre, tout cela sans l'avertir. C'était une surprise que je lui réservais. Je me disais : « Nous verrons bien

VERSION DU MARI.

Quinze mille francs de rente! Il me semblait pourtant qu'avec cela on pouvait vivre sans souci du lendemain. Eh bien! non. Je l'entendais toujours se plaindre, parler d'économies, de réformes, de placements avantageux. A mesure qu'elle m'envahissait de ces détails bêtes, je sentais s'en aller de moi le goût et le désir du travail. Parfois elle venait près de ma table, feuilletait dédaigneusement les vers commencés. — « Que ça! » disait-elle, en comptant les heures perdues sur ces insignifiantes petites lignes. Ah! si j'avais voulu l'écouter, ce beau nom de poëte, que j'ai mis tant d'années à me faire, traînerait maintenant dans la boue noire des productions à outrance... Et quand je pense qu'à cette même femme j'avais livré d'abord tout mon cœur, tous mes rêves; quand je pense que ce dédain qu'elle me témoigne, parce que je ne gagne pas d'argent, date des premiers moments du mariage. Vraiment, j'en ai honte pour moi et pour elle.

Je ne gagne pas d'argent! Cela explique

s'il sera content cette fois. » Enfin, le jour où j'ai reçu sa nomination, une belle enveloppe à cinq cachets, je suis allée la porter sur sa table, folle de joie. C'était l'avenir assuré, l'aisance, le calme du travail, le contentement de soi... Savez-vous ce qu'il m'a dit? Il m'a dit « qu'il ne me pardonnerait jamais. » Après quoi il a déchiré la lettre du ministre en mille morceaux, et il s'est sauvé en battant les portes. Oh! ces artistes, ces pauvres têtes détraquées qui prennent la vie à rebours! Que devenir avec un homme pareil? J'aurais voulu lui parler, le raisonner. Mais non. On me l'avait bien dit : « C'est un fou. » A quoi bon lui parler, d'ailleurs? Nous n'avons pas la même langue. Il ne me comprendrait pas, pas plus que je ne le comprends... Et maintenant nous sommes là tous les deux à nous regarder. Je sens de la haine dans ses yeux, et pourtant j'ai de l'affection pour lui... C'est bien pénible.

VERSION DU MARI.

tout, le reproche de son regard, son admiration pour les banalités productives, jusqu'à cette démarche qu'elle a faite dernièrement pour m'obtenir je ne sais quelle place dans un bureau du ministère.

Par exemple, j'ai résisté. Il ne me reste plus que cela, une volonté inerte, faite à tous les assauts, à toutes les persuasions. Elle peut parler pendant des heures, me glacer de son plus froid sourire, ma pensée lui échappe toujours, lui échappera toujours... Et nous en sommes là! Mariés, condamnés à vivre ensemble, des lieues entières nous séparent, ce nous sommes trop las, trop découragés pour tenter un pas l'un vers l'autre. En voilà pour la vie. C'est horrible!

VI

LES VOIES DE FAIT

VI.

LES VOIES DE FAIT.

CABINET
DE Me PETITBRY
Avocat consultant.

—

Madame Nina de B..., chez sa tante, à Moulins.

Madame, conformément aux désirs de Mme votre tante, je me suis occupé de l'affaire en question. J'ai pris les faits l'un après l'autre et soumis tous vos griefs à l'investigation la plus scrupuleuse. Eh bien, en mon âme et conscience, je ne trouve pas que la poire soit encore assez mûre, ou, pour parler plus net, que vous soyez fondée d'une façon sérieuse à introduire une demande en séparation. Ne l'oublions pas, en effet, la loi française est une personne très-positive, qui n'a ni délicatésse ni instinct des nuances. Elle ne connaît que le fait, le fait sérieux, brutal, et malheureusement c'est ce fait-là qui nous manque. Certes, j'ai été profondément touché en lisant le récit de cette première année de mariage si pénible pour vous. Vous avez payé bien cher la gloire d'épouser un artiste fameux, un de ces hommes chez qui la renommée, l'adulation développent un monstrueux égoïsme, et qui doivent vivre seuls sous peine de briser la frêle et timide existence qui tente de s'attacher à la leur... Ah! madame, depuis le commencement de ma carrière, comLien ai-je vu de malheureuses épouses dans la triste position où vous vous trouvez! Ces artistes, qui vivent du public et rien que pour lui, n'apportent au foyer que la fatigue de leur gloire ou la tristesse de leurs échecs. Une existence désheurée, sans boussole ni gouvernail, des idées subversives, à l'envers de toute convention sociale, le mépris de la famille et de ses joies, l'excitation cérébrale cherchée dans l'abus du tabac, des liqueurs fortes, sans parler du reste, voilà ce qui constitue ce terrible élément artistique auquel votre chère tante désire vous soustraire; mais, je vous le répète, tout en comprenant ses inquiétudes, ses remords mêmes d'avoir consenti à un pareil mariage, je ne vois pas que les choses soient au point pour ce que vous demandez.

J'ai pourtant commencé déjà un projet de mémoire judiciaire où vos principaux griefs se trouvent groupés et mis en lumière assez habilement. Voici les grandes divisions de l'ouvrage :

1° *Grossièretés de Monsieur envers la famille de Madame.* — Refus de recevoir notre tante de Moulins, qui nous a élevée et qui nous adore. — Surnoms de Tata Bobosse, Fée Carabosse et autres, donnés à cette vénérable demoiselle, dont le dos est un peu voûté. — Railleries, épigrammes, dessins au crayon et à la plume sur ladite et son infirmité.

2° *Insociabilité.* — Refus de voir les amis de Madame, de faire des visites de noces, d'envoyer des cartes, de répondre aux invitations, etc...

3° *Dilapidation.* — Argent prêté sans reçu à toutes sortes de bohèmes. — Table toujours ouverte, maison transformée en hôtellerie. — Souscriptions continuelles pour des statues, des tombeaux, des œuvres de confrères malheureux. — Fondation d'une revue artistique et littéraire ! ! ! !

4° *Grossièretés envers Madame.* — Avoir dit tout haut, en parlant de nous : « Quelle dinde !... »

5° *Sévices et violences.* — Excessive brutalité de Monsieur. — Fureur aux moindres prétextes. — Bris de vaisselle et de meubles. — Tapage, scandale, expressions malsonnantes.

Tout cela, comme vous le voyez, chère madame, forme un corps d'accusation assez respectable, mais insuffisant. Il nous manque les voies de fait. Ah ! si nous avions seulement une voie de fait, une toute petite voie de fait devant témoins, notre affaire serait superbe. Mais ce n'est pas maintenant que vous avez mis cinquante lieues entre vous et votre mari que nous pouvons espérer un événement de ce genre. Je dis « espérer » parce que, la situation étant donnée, une brutalité de cet homme eût été ce qui pouvait vous arriver de plus heureux.

Je suis, madame, en attendant vos ordres, votre dévoué et respectueux serviteur.

PETITBRY.

P. S. — Brutalité devant témoins, bien entendu !...

Maître Petitbry, à Paris.

Eh ! quoi, monsieur, voilà où nous en sommes ! Voilà ce que vos lois ont fait de l'ancienne chevalerie française !... Ainsi, quand il suffit souvent d'un malentendu pour séparer deux cœurs à jamais, il faut à vos tribunaux des actes de violence pour motiver cette séparation. N'est-ce pas indigne, injuste, barbare, criant ?... Penser que, pour recouvrer sa liberté, ma pauvre petite est obligée d'aller tendre son cou au bourreau, de se livrer à toute la fureur du monstre, de l'exciter même... Mais n'importe, notre parti est pris. Il faut des voies de fait. Eh bien! nous en aurons... Dès demain, Nina retourne à Paris. Comment sera-t-elle accueillie? Que va-t-il se passer là-bas? Je n'ose y songer sans frémir. A cette idée, ma main tremble, mes yeux se mouillent... Ah! monsieur... Ah! maître Petitbry... Ah!

LA TANTE INFORTUNÉE DE NINA.

ÉTUDE
DE Me MARESTANG
Avoué
près le tribunal de la Seine.

*Monsieur Henri de B***, homme de lettres à Paris.*

Du calme, du calme, du calme!... Je vous défends d'aller à Moulins, de vous élancer à la poursuite de votre fugitive. Il est plus sage, il est plus sûr de l'attendre chez vous au coin du feu. En somme, que s'est-il passé? Vous refusiez de recevoir cette vieille fille ridicule et méchante; votre femme est allée la rejoindre. Il fallait vous y attendre. La famille est bien forte dans le cœur d'une si jeune mariée. Vous avez voulu aller trop vite. Songez que c'est cette tante qui l'a élevée, qu'elle n'a pas d'autres parents qu'elle... Elle a son mari, me direz-vous... Eh! mon cher enfant, entre nous nous pouvons bien nous faire cet aveu, les maris ne sont pas aimables tous les jours. J'en connais un surtout qui, malgré son bon cœur, est d'une nervosité, d'une violence! Je veux bien que le travail, les préoccupations artistiques y soient pour quelque chose. Toujours est-il que l'oiseau s'est effarouché et qu'il est retourné à son ancienne cage. N'ayez pas peur; il n'y restera pas longtemps. Ou je me trompe fort, ou cette Parisienne d'hier s'ennuiera vite dans ce milieu suranné et ne sera pas longue à regretter les turbulences de son poëte... Surtout ne bougez pas.

Votre vieil ami,

MARESTANG.

Maître Marestang, avoué à Paris.

En même temps que votre lettre si raisonnable, si amicale, je reçois un télégramme de Moulins m'annonçant le retour de Nina. Ah! que vous avez été bon prophète! Elle revient ce soir, toute seule, comme elle était partie, sans la moindre démarche de ma part. Il s'agit maintenant de lui arranger une vie si douce, si agréable, qu'elle n'ait jamais plus la tentation de partir. J'ai fait des provisions de tendresse, de patience, pendant cette absence de huit jours. Il n'y a qu'un point sur lequel je ne varie pas : je ne veux plus voir chez nous l'horrible Tata Bobosse, ce bas-bleu de 1820, qui m'a donné sa nièce uniquement dans l'espoir que ma petite célébrité servirait à la sienne. Songez, mon cher Marestang, que depuis mon mariage cette méchante petite vieille s'est toujours mise entre ma femme et moi, roulant sa bosse à travers tous nos plaisirs, toutes nos fêtes, au théâtre, aux expositions, dans le monde, à la campagne, partout. Étonnez-vous après cela que j'aie mis une certaine précipitation à la congédier, à la renvoyer dans sa bonne ville de Moulins. Tenez! mon cher, on ne se doute pas du mal que ces vieilles filles, ignorantes de la vie et soupçonneuses, sont capables de faire dans un jeune ménage. Celle-là avait fourré dans la jolie petite tête de ma femme une provision d'idées fausses, arriérées, saugrenues, un sentimentalisme rococo du temps d'Ipsiboé, du jeune Florange: *Ah! si ma dame me voyait!...* Pour elle, j'étais un *poâte,* ce *poâte* qu'on voit aux frontispices de Renduel ou de Ladvocat, couronné de lauriers, une lyre sur la hanche, et le coup de vent des hautes cimes dans un manteau-crispin à collet de velours. Voilà le mari qu'elle avait promis à sa nièce, et vous pensez si ma pauvre Nina a dû être désillusionnée. Du reste, je conviens que j'ai été bien maladroit avec cette chère enfant. Comme vous dites, j'ai voulu aller trop vite, je l'ai effarouchée. Cette éducation un peu étroite, faussée par le couvent et les rêvasseries sentimentales de la tante, c'était à moi de la refaire tout doucement, en laissant au bouquet provincial le temps de s'évaporer... Enfin tout cela est réparable, puisqu'elle revient... Elle revient, mon cher ami!... Ce soir, j'irai l'attendre à la gare, et nous rentrerons chez nous au bras l'un de l'autre, réconciliés et heureux.

HENRI DE B...

Nina de B... à sa tante, à Moulins.

Il m'attendait au chemin de fer et m'a reçue en souriant, les bras tendus, comme si je revenais d'un voyage ordinaire. Tu penses si je lui ai fait ma mine la plus glacée. A peine rentrée, je me suis enfermée dans ma chambre, où j'ai dîné toute seule sous prétexte de fatigue. Ensuite, double tour de clef. Il est venu me dire bonsoir à la serrure, et, ce qui m'a bien surprise, s'est éloigné à pas de loup sans colère ni insistance... Ce matin, visite à Me Petitbry, qui m'a donné de longues instructions sur la façon dont je devais m'y prendre, l'heure, l'endroit, les témoins... Ah! ma chère tante, à mesure que le moment approche, si tu savais comme j'ai peur. Ses colères sont si terribles. Même quand il est doux comme hier, ses yeux ont des éclairs d'orage... Enfin je serais forte en pensant à toi, ma chérie... D'ailleurs, comme m'a dit Me Petitbry, ce n'est qu'un mauvais moment à passer; puis nous reprendrons toutes les deux notre vie d'autrefois, calme et heureuse.

NINA DE B...

De la même à la même.

Chère tante, je t'écris de mon lit, brisée par l'émotion de cette scène épouvantable. Qui aurait pu croire que les choses tourneraient ainsi? Pourtant toutes mes précautions étaient prises. J'avais prévenu Marthe et sa sœur qui devaient venir à une heure, et choisi pour la grande scène le moment où l'on sort de table, pendant que les domestiques ôtent le couver dans la salle à manger voisine du cabinet de travail. Dès le matin mes batteries étaient préparées : une heure de gammes, d'études au piano, les *Cloches du monastère,* les *Rêveries de Rosellen,* tous les morceaux qu'il déteste. Cela ne l'avait pas empêché de travailler sans la moindre irritation. Au déjeuner, même patience. Un déjeuner exécrable, des restes, des plats sucrés qu'il ne peut pas souffrir. Et si tu avais vu ma toilette ! Une robe à pèlerine qui a cinq ans de date, un petit tablier de soie noire, des cheveux défrisés!... Je cherchais sur son front des signes d'irritation, ce pli droit si connu que monsieur creuse entre ses sourcils à la moindre contrariété. Eh bien ! non, rien. C'était à croire qu'on m'avait changé mon mari. Il m'a dit d'un ton calme, un peu triste :

« Tiens! vous avez repris votre ancienne coiffure? »

Je répondais à peine, ne voulant rien hâter avant l'arrivée des témoins, et puis, c'est drôle! je me sentais émue, secouée d'avance de la scène que je cherchais. Enfin, à quelques réponses un peu plus sèches de ma part, il se leva de table et se retira chez lui. Je le suivis, toute tremblante. J'entendais mes amis s'installer dans le petit salon, et Pierre qui allait, venait, rangeait l'argenterie et les verres. Le moment était venu. Il fallait l'amener aux grandes violences, et cela me semblait facile après ce que j'avais fait depuis le matin pour l'irriter.

En entrant dans son cabinet, je devais être très-pâle. Je me sentais dans la cage du lion. Cette pensée me vint : « S'il allait me tuer ! » Il n'avait pourtant pas l'air bien terrible, couché sur son divan, le cigare à la bouche.

« Est-ce que je vous dérange? » demandai-je de ma voix la plus ironique.

Lui, tranquillement :

« Non. Vous voyez... je ne travaille pas. »

Moi, toujours très-méchante :

« Ah çà ! vous ne travaillez donc jamais? »

Lui, toujours très-doux :

« Vous vous trompez, mon amie. Je travaille beaucoup, au contraire... Seulement, notre métier est de ceux où l'on peut travailler sans avoir un outil dans la main. »

Moi :

« Et qu'est-ce que vous faites, en ce moment?... Ah! oui, je sais, votre pièce en vers, toujours la même depuis deux ans. Savez-vous que c'est bien heureux que votre femme ait eu de la fortune!... Cela vous permet de paresser à votre aise. »

Je croyais qu'il allait bondir. Pas du tout. Il est venu me prendre les mains très-gentiment.

« Voyons, c'est donc toujours la même chose? Nous allons donc recommencer notre vie de guerre?... Alors, pourquoi êtes-vous revenue? »

J'avoue que je me suis sentie un peu émue de son ton affectueux et triste; mais j'ai pensé à toi, ma pauvre tante, à ton exil, à tous ses torts, et cela m'a donné du courage. J'ai cherché ce que je pouvais lui dire de plus amer, de plus blessant... Est-ce que je sais, moi?... que j'étais désolée d'avoir épousé un artiste; qu'à Moulins, tout le monde me plaignait; que j'avais trouvé mes amies mariées à des magistrats, des hommes sérieux, influents, bien posés, tandis que lui... Encore s'il gagnait de l'argent. Mais non, monsieur travaillait pour la gloire. Et quelle gloire!... A Moulins, personne ne le connaissait; à Paris, on sifflait ses pièces. Ses livres ne se vendaient pas. Et patati. Et patata... La tête me tournait de toutes les méchantes paroles qui me venaient à mesure. Lui me regardait sans répondre, avec une colère froide. Naturellement, cette froideur m'exaspérait davantage. J'étais tellement excitée, que je ne reconnaissais plus ma voix montée à un diapason extraordinaire, et les derniers mots que je lui criai — je ne sais plus quelle épigramme injuste et folle — bourdonnèrent à mes oreilles troublées... Pour le coup, je crus que Mᵉ Petitbry tenait sa voie de fait. Blême, les dents serrées, Henri avait fait deux pas vers moi:

« Madame!... »

Puis, subitement, sa colère tomba, sa figure redevint impassible, et il me regarda d'un air si méprisant, si insolent, si calme... Oh! ma foi, ma patience était à bout. Je levai la main et, vlan! je lui appliquai le plus beau soufflet que j'aie donné de ma vie. Au bruit, la porte s'ouvre, mes témoins se présentent, suffoqués, solennels.

Monsieur, c'est une indignité!...

— N'est-ce pas? » disait le pauvre garçon en montrant sa joue toute rouge.

Tu penses si j'étais confuse. Heureusement, j'ai pris le parti de m'évanouir et de pleurer toutes mes larmes, ce qui m'a beaucoup soulagée... Maintenant, Henri est dans ma chambre. Il me veille, il me soigne et se montre véritablement très-bon pour moi... Que faire? quelle impasse!... C'est Me Petitbry qui ne sera pas content.

NINA DE B...

VII

LA BOHÊME EN FAMILLE

VII.

LA BOHÊME EN FAMILLE.

JE ne crois pas qu'on puisse trouver dans tout Paris un intérieur plus bizarre et plus gai que celui du sculpteur Simaise. La vie dans cette maison-là est une fête perpétuelle. A quelque heure que vous arriviez, vous entendez des chants, des rires, le bruit d'un piano, d'une guitare, d'un tam-tam. Si vous entrez dans l'atelier, il est rare que vous ne tombiez pas au milieu d'une partie de volants, d'un temps de valse, d'une figure de quadrille, ou bien parmi des préparatifs de bal, des rognures de tulle, de rubans traînant à côté de l'ébauchoir, des fausses fleurs accrochées aux bustes, des jupes pailletées qui s'étalent sur un groupe encore humide.

C'est qu'il y a là quatre grandes filles de seize à vingt-cinq ans, très-jolies, mais très-encombrantes ; et quand ces demoiselles tourbillonnent leurs cheveux tombant dans le dos avec des flots de rubans, de longues épingles, des boucles voyantes, on dirait qu'au lieu de quatre elles sont huit, seize, trente-deux demoiselles Simaise aussi fringantes les unes que les autres, parlant haut, riant fort, ayant toutes cet air un peu garçon particulier aux filles d'artistes, des gestes d'atelier, un aplomb de rapin, et s'entendant comme personne à éconduire un créancier ou à savonner la tête du fournisseur assez insolent pour présenter sa note en temps inopportun.

Ces jeunes personnes sont les véritables maîtresses de la maison. Le père travaille dès l'aube, sculptant, modelant sans relâche, car il n'a pas de fortune. Dans le commencement, il était ambitieux, s'efforçait de bien faire. Quelques succès d'exposition lui présageaient une certaine gloire. Mais cette famille exigeante à nourrir, habiller, lancer, l'a maintenu dans la médiocrité du métier. Quant à Mme Simaise, elle ne s'occupe de rien. Très-belle au moment du mariage, très-entourée dans le monde artistique où son mari la présenta, elle se condamna à n'être d'abord qu'une jolie femme et plus tard qu'une ancienne jolie femme. D'origine créole, à ce qu'elle prétend — bien qu'on m'assure que ses parents n'ont jamais quitté Courbevoie, — elle passe ses journées du matin au soir dans un hamac accroché tour à tour dans toutes les pièces de l'appartement, s'évente, fait la sieste, avec un profond dédain pour les détails matériels de l'existence. Elle a posé si souvent à son mari des Hébé, des Diane, qu'elle se figure traverser la vie un croissant au front, une coupe à la main, chargée d'emblèmes pour tout travail. Aussi il faut voir le désordre du logis. On cherche une heure les moindres objets.

« As-tu vu mon dé?... Marthe, Éva, Geneviève, Madeleine, qui est-ce qui a vu mon dé? »

Les tiroirs, où gisent pêle-mêle des livres, de la poudre, du rouge, des paillettes, des cuillers, des éventails, sont remplis jusqu'au bord mais ne renferment rien d'utile ; d'ailleurs, ils tiennent à des meubles bizarres, curieux, incomplets, endommagés. Et la maison elle-même est si singulière! Comme on déménage souvent, on n'a pas le temps de s'installer, et cet intérieur joyeux a toujours l'air d'attendre le rangement complet, indispensable, qui suit une nuit de bal. Seulement il manque tant de choses que ce n'est pas la peine de ranger, et pourvu qu'on ait un peu de toilette, qu'on circule dans les rues avec l'éclat d'un météore, un semblant de chic et des apparences de luxe, l'honneur est sauf. Le campement n'a rien qui gêne cette tribu de nomades. Par des portes ouvertes, la misère se laisse voir tout à coup dans les quatre murs vides d'une pièce non meublée, dans le fouillis d'une chambre encombrée. C'est la vie de bohême en famille, une vie d'imprévu, de surprises...

Au moment de se mettre à table, on s'aperçoit que tout manque, et qu'il faut aller chercher le déjeuner dehors bien vite. De cette façon, les heures passent rapidement, agitées, oisives; et puis cela a un avantage. Quand on déjeune tard, on ne dîne pas, quitte à souper au bal, où l'on va presque tous les soirs. Souvent aussi ces dames donnent des soirées. On prend le thé dans des récipients bizarres, hanaps, vidrecomes, coquilles japonaises, le tout ébréché par le bric-à-brac, écorné par les déménagements. La sérénité de la mère et des filles au milieu de cette détresse est quelque chose d'admirable. Elles ont, ma foi! bien d'autres idées en tête que le ménage. L'une s'est nattée en Suissesse, l'autre frisée en baby anglais, et Mme Simaise, au fond de son hamac, vit dans la béatitude de sa beauté d'autrefois. Quant au père Simaise, il est toujours ravi. Pourvu qu'il entende le joli rire de ses filles autour de lui, il se charge allégrement de tout le poids de cette existence déroutée. C'est à lui qu'on s'adresse en câlinant : « Papa, j'ai besoin d'un chapeau... papa, il me faut une robe. » Parfois l'hiver est dur. On est si répandu, on reçoit tant d'invitations... Bah! le père en est quitte pour se lever deux heures plus tôt. On fait un seul feu dans l'atelier où toute la famille se réunit. Ces demoiselles taillent, cousent leurs robes elles-mêmes, pendant que la corde du hamac grince régulièrement et que le père travaille grimpé sur son escabeau.

Avez-vous quelquefois rencontré ces dames dans le monde? Dès qu'elles entrent, il y a une rumeur. Depuis longtemps, on connaît les deux aînées; mais elles sont toujours si parées, si pimpantes, que c'est à qui les prendra pour danseuses. Elles ont du succès autant que les sœurs cadettes, presque autant que la mère autrefois; d'ailleurs une grâce à porter les chiffons, les bijoux à la mode, un laisser-aller si charmant, des rires fous d'enfants mal élevées, des façons de s'éventer à l'espagnole... Malgré tout, elles ne se marient pas. Jamais aucun admirateur n'a pu résister au spectacle de cet intérieur singulier. Le gâchis des dépenses inutiles, le manque d'assiettes, la profusion de vieilles tapisseries à trous, de lustres antiques disloqués et dédorés, le courant d'air des portes, le coup de sonnette des créanciers, le négligé de ces demoiselles en pantoufles et en peignoirs traînant d'hôtel garni, mettent en fuite les mieux intentionnés. Que voulez-vous? Tout le monde ne se résigne pas à accrocher près de soi pour la vie le hamac d'une femme oisive.

Je le crains bien, les demoiselles Simaise ne se marieront pas. Elles ont eu pourtant une occasion magnifique et unique de le faire pendant la Commune. La famille s'était réfugiée en Normandie dans une petite ville très-processive, pleine d'avoués, de notaires, d'agents d'affaires. Le père à peine arrivé chercha des travaux. Son renom de sculpteur le servit; et comme il y avait de lui sur une place publique de la ville une statue de Cujas, ce fut parmi les notabilités de l'endroit à qui lui commanderait son buste. Immédiatement la mère accrocha son hamac dans un coin de l'atelier, et ces demoiselles organisèrent de petites fêtes. Elles eurent tout de suite beaucoup de succès. Ici du moins, la pauvreté semblait un accident d'exil, l'en-l'air de l'installation avait une raison d'être. Ces belles élégantes riaient elles-mêmes très-haut de leur misère. On était parti sans rien emporter. De Paris fermé rien ne pouvait venir. Pour elles, c'était un charme de plus. Cela faisait penser aux tziganes en voyage qui peignent leurs beaux cheveux dans une grange, et se désaltèrent aux ruisseaux. Les moins poétiques les comparaient dans leur esprit aux exilées de Coblentz, aux dames de la cour de Marie-Antoinette parties bien vite, sans poudre ni paniers, ni camérières, obligées à toutes sortes d'expédients, apprenant à se servir elles-mêmes, et gardant la frivolité des cours de France, le sourire si piquant des mouches disparues.

Chaque soir, une foule de bazochiens éblouis encombrait l'atelier Simaise. Avec un piano de louage, tout ce monde polkait, valsait, scottischait — on scottische encore en Normandie... « Je finirai bien par en marier une, » se disait le père Simaise; et le fait est que, la première partie, toutes les autres auraient suivi. Malheureusement la première ne partit pas, mais il s'en fallut de bien peu. Parmi les nombreux valseurs de ces demoiselles, dans ce corps de ballet d'avoués, de substituts, de notaires, le plus enragé pour la danse était un avoué veuf, très-assidu près de la fille aînée. Dans la maison on l'appelait « le premier avoué dansant », en souvenir des ballets de Molière; et certes, à voir le train dont le gaillard tourbillonnait, le papa Simaise fondait sur lui les plus grandes espérances. Mais les gens d'affaires, ça ne danse pas comme tout le monde. Celui-là, tout en valsant, faisait ses petites réflexions: « Cette famille Simaise est charmante... Tra la la... La la la... mais ils ont beau me presser... la la la... la la lère... je ne conclurai rien avant que les portes de Paris soient rouvertes... Tra la la... et que j'aie pu prendre mes renseignements... la la la... » Ainsi pensait le premier avoué dansant; et, en effet, sitôt Paris débloqué, il se renseigna sur la famille, et le mariage fut manqué.

Depuis, les pauvres petites en ont manqué bien d'autres. Mais cela n'a troublé en rien la gaieté de ce singulier ménage. Au contraire, plus ils vont, plus ils sont joyeux. L'hiver dernier, ils ont déménagé trois fois, on les a vendus une, et ils ont tout de même donné deux grands bals travestis.

VIII

FRAGMENT

D'UNE LETTRE DE FEMME

TROUVÉE RUE NOTRE-DAME-DES-CHAMPS

VIII.

FRAGMENT

D'UNE LETTRE DE FEMME

TROUVÉE RUE NOTRE-DAME-DES-CHAMPS.

« . . . . . . m'en a coûté pour avoir épousé un artiste. Ah! ma chérie, si j'avais su!... mais les jeunes filles se font sur toutes choses de si singulières idées. Figure-toi qu'à l'Exposition, quand je voyais sur le livret ces adresses lointaines de rues calmes, à l'extrême bout de Paris, je m'imaginais des vies paisibles, sédentaires, toutes au travail et à la famille, et je me disais, sentant d'avance combien je serais jalouse : « Voilà comme je veux un mari. Il sera toujours avec moi. Nous passerons toutes nos journées ensemble, lui à son tableau ou à sa sculpture, moi lisant, cousant à ses côtés dans le jour recueilli de l'atelier. » Pauvre innocente, va! Je ne me doutais pas alors de ce que c'était qu'un atelier, ni du singulier monde qu'on y rencontre. Jamais, en regardant ces statues de déesses si effrontément décolletées, l'idée ne me serait venue qu'il y avait des femmes assez osées pour... Et que moi-même je... Sans cela je te prie de croire que je n'aurait pas épousé un sculpteur. Ah! mais non, par exemple... Je dois dire qu'à la maison ils étaient tous contre ce mariage, malgré la fortune de mon mari, son nom déjà célèbre, le bel hôtel qu'il faisait bâtir pour nous deux. C'est moi seule qui l'ai voulu. Il était si élégant, si charmant, si empressé. Je trouvais pourtant qu'il se mêlait un peu trop de ma toilette, de mes coiffures: « Relevez donc vos cheveux comme ceci, là... » et monsieur s'amusait à placer une fleur tout au milieu de mes boucles avec bien plus d'art que n'importe laquelle de nos modistes. Tant d'expérience chez un homme, c'était effrayant, n'est-ce pas?

J'aurais dû me méfier... Enfin tu vas voir. Écoute.

Nous revenions de notre voyage de noces. Pendant que je m'installais dans mon joli appartement si bien meublé, tout ce paradis que tu connais, mon mari sitôt arrivé s'était mis au travail et passait ses journées à son atelier, en dehors de l'hôtel. Le soir, en rentrant, il me parlait avec fièvre de son exposition prochaine. Le sujet était une « dame romaine sortant du bain. » Il voulait faire rendre au marbre ce petit frisson de la peau au contact de l'air, la mouillure des fins tissus plaquant sur les épaules, et toutes sortes d'autres belles choses que je ne me rappelle plus. Entre nous, quand il me parle de sa sculpture, je ne comprends pas toujours très-bien. Tout de même, je disais de confiance : « Ce sera très-joli... » et je me voyais déjà sur le sable fin des allées, admirant l'œuvre de mon mari, un beau marbre tout blanc sur la tenture verte, pendant qu'on murmurait derrière moi : « la femme de l'auteur... »

Enfin, un jour, curieuse de voir où nous en étions de notre dame romaine, j'eus l'idée d'aller le surprendre à son atelier, que je ne connaissais pas encore. C'était une de mes premières sorties toute seule, et je m'étais faite belle, dam!... En arrivant, je trouvai la porte du petit jardin, au rez-de-chaussée, grande ouverte. J'entrai donc tout droit, et, juge de mon indignation quand j'aperçus mon mari, en blouse blanche comme un maçon, mal peigné, les mains sales de terre, ayant en face de lui une femme, ma chère, une grande créature debout sur un tréteau, presque pas vêtue, et l'air tranquille dans cette tenue, comme si elle l'avait trouvée parfaitement naturelle. Toute une vilaine défroque remplie de boue, des bottines de course, un chapeau rond avec une plume défrisée, était jetée à côté d'elle, sur une chaise. J'ai vu tout cela très-vite, car tu comprends si je me suis sauvée. Étienne voulait me parler, me retenir, mais j'eus un geste d'horreur pour ses mains pleines de glaise, et je courus chez maman, où j'arrivai à peine vivante. Tu vois mon entrée d'ici :

« Ah! mon Dieu, mon enfant, qu'est-ce que tu as? »

Je raconte à maman ce que je viens de voir, comment était cette affreuse femme, dans quel costume. Et je pleurais, je pleurais... Ma mère, très-émue, essaye de me consoler, m'explique que ce devait être un modèle.

« Comment!... mais c'est abominable... On ne m'avait pas parlé de ça, avant de me marier!... »

Là-dessus voilà Étienne qui arrive tout effaré, et tâche à son tour de me faire comprendre qu'un modèle n'est pas une femme comme une autre, et que, d'ailleurs, les sculpteurs ne peuvent pas s'en passer; mais ces raisons ne me persuadent guère, et je déclare formellement que je ne veux plus d'un mari qui passe ses journées en tête-à-tête avec des demoiselles dans cette tenue-là.

« Voyons, mon ami, dit alors cette pauvre maman qui s'efforce de tout arranger, est-ce que, par convenance pour votre femme, vous ne pourriez pas remplacer cela par un semblant, un cartonnage? »

Mon mari mordait sa moustache avec fureur: « Mais c'est impossible, ma chère maman.

— Pourtant, mon cher, il me semble... Tenez, nos modistes ont des têtes en carton qui leur servent à monter les bonnets... Eh bien, ce qu'on fait pour la tête, ne pourrait-on pas le faire pour...? »

Il paraît que ce n'était pas possible. C'est du moins ce qu'Étienne essaya de nous démontrer longuement, avec toutes sortes de détails, de mots techniques. Il avait vraiment l'air très-malheureux. Je le regardais du coin de l'œil tout en essuyant mes larmes, et je voyais bien que mon chagrin l'affligeait beaucoup. Enfin, après une interminable discussion, il fut convenu que, puisque le modèle était indispensable, toutes les fois qu'elle viendrait, je serais là. Il y avait justement, à côté de l'atelier, un petit débarras très-commode, d'où je pourrais voir sans être vue. — C'est honteux, diras-tu, d'être jalouse d'espèces pareilles et de montrer sa jalousie. Mais, vois-tu, ma biche, il faut avoir passé par ces émotions-là pour pouvoir en parler.

Le lendemain, le modèle devait venir. Je prends donc mon courage à deux mains et je m'installe dans ma logette, avec la condition expresse qu'au moindre coup frappé à la cloison, mon mari viendrait vite vers moi. A peine étais-je enfermée, le vilain modèle de l'autre jour arrive, attifée Dieu sait comme, avec une tournure si misérable que je me demandais comment j'avais pu être jalouse d'une femme qui s'en va dans la rue sans manchettes blanches aux poignets, avec un vieux châle à franges vertes. Eh bien, ma chère, quand j'ai vu cette créature jeter son châle, sa robe au milieu de l'atelier, se défaire avec cette aisance, cette impudeur, cela m'a fait un effet que je ne peux pas te dire. La colère m'étouffait... Vite je frappe à la cloison... Étienne arrive. Je tremblais, j'étais pâle. Il se moque de moi, me rassure tout doucement, et s'en retourne à son travail... Maintenant la femme était debout, à demi nue, ses grands cheveux dénoués et tombant dans le dos avec une lourdeur lisse. Ce n'était plus la créature de tout à l'heure, mais presque une statue déjà, malgré sa mine fatiguée et commune. J'avais le cœur serré. Cependant je ne dis rien. Tout à coup, j'entends mon mari qui crie : « La jambe gauche... Avancez la jambe gauche. » Et, comme le modèle ne comprenait pas bien, il s'approcha d'elle, et... Ah! pour le coup, je n'y tiens plus. Je tape. Il ne m'entend pas. Je tape encore, je tape avec fureur. Cette fois il accourt, le sourcil un peu froncé, dans la fièvre du travail.

« Voyons, Armande... soyez donc raisonnable!... » Et moi, tout en larmes, j'appuyais la tête sur son épaule : « C'est plus fort que moi, mon ami... Je ne peux pas... je ne peux pas... » Alors, brusquement, sans me répondre, il passa dans l'atelier et fit un signe à cette horreur de femme qui s'habilla et partit.

Pendant quelques jours, Étienne ne retourna pas à son atelier. Il restait près de moi, ne sortait plus, refusait même de voir ses amis, toujours très-bon d'ailleurs, mais l'air si triste. Une fois je lui demandai bien timidement : « Vous ne travaillez donc plus? » ce qui me valut cette réponse : « On ne travaille pas sans modèle. » Je n'eus pas le courage d'insister, car je sentais combien j'étais coupable, et qu'il avait le droit de m'en vouloir. Pourtant, à force de tendresses, de gentillesses, j'obtins de lui qu'il retournerait à son atelier et qu'il essayerait de finir sa statue, de... Comment donc disent-ils ça?... de chic, c'est-à-dire d'imagination; bref, le procédé de maman. Moi, je trouvais cela très-faisable; mais le pauvre garçon avait bien du mal. Tous les soirs, il rentrait crispé, découragé, presque malade. Pour le remonter, j'allais le voir souvent. Je disais toujours : C'est charmant. Mais le fait est que la statue n'avançait guère. Je ne sais pas même s'il y travaillait. Quand j'arrivais, je le trouvais toujours en train de fumer sur son divan, ou bien roulant des boulettes d'argile qu'il envoyait rageusement contre le mur.

Une après-midi que j'étais là à regarder cette pauvre dame romaine, ébauchée à demi, si longue à sortir de son bain, une idée fantasque me traversa l'esprit. La Romaine était à peu près de ma taille.. peut-être qu'à la rigueur je pourrais...

« Qu'est-ce qu'on appelle une jolie jambe? » demandai-je tout à coup à mon mari.

Il m'expliqua cela très au long, en me montrant ce qui manquait encore à sa statue et qu'il ne pouvait pas parvenir à lui donner sans un modèle... Pauvre garçon! Il avait l'air si navré en disant cela... Sais-tu ce que j'ai fait... Ma foi, tant pis, j'ai ramassé bravement la draperie qui traînait dans un coin, je suis allée dans ma logette; puis, tout doucement, sans rien dire, pendant qu'il regardait encore sa statue, je suis venue me mettre sur l'estrade en face de lui, dans le costume et l'attitude où j'avais vu cet affreux modèle... Ah! ma chérie, quelle émotion quand il a relevé la tête! J'avais envie de rire et de pleurer. J'étais rouge... Et cette maudite mousseline qu'il fallait rajuster de tous les côtés... C'est égal! Étienne avait l'air si ravi que cela m'a rassurée bien vite. Figure-toi, ma chère, qu'à l'entendre...

IX

LA VEUVE D'UN GRAND HOMME

IX.

LA VEUVE

D'UN GRAND HOMME.

QUAND on apprit qu'elle se remariait, cela n'étonna personne. Malgré tout son génie, peut-être même à cause de son génie, le grand homme lui avait fait quinze ans d'une vie très-dure, traversée de caprices, de fantaisies éclatantes dont Paris s'était quelquefois occupé. Sur la grande route de gloire qu'il avait parcourue triomphalement et à toute vitesse, comme ceux qui doivent mourir jeunes, elle l'avait suivi, humble et craintive, assise dans un coin du char, s'attendant toujours à des chocs. Quand elle se plaignait, parents, amis, tout le monde était contre elle : « Respectez ses faiblesses, lui disait-on, ce sont les faiblesses d'un dieu. Ne le troublez pas, ne le dérangez pas. Songez que votre mari n'est pas à vous seulement. Il appartient bien plus au pays, à l'art, qu'à la famille... Et qui sait si chacune de ces fautes que vous lui reprochez ne nous a pas valu des œuvres sublimes?... » A la fin pourtant, lassée de tant de patience, elle eut des révoltes, des indignations, des injustices, si bien qu'au moment où le grand homme mourut, ils étaient prêts à plaider en séparation et à traîner leur beau nom célèbre à la troisième page des journaux à scandale.

Après les agitations de cette union malheureuse, les inquiétudes de la dernière maladie, et le coup subit de la mort qui avait réveillé pour un moment l'affection primitive, les premiers mois de son veuvage firent à la jeune femme l'effet salutaire, reposant, d'une saison de bains. La retraite forcée, le charme tranquille de la douleur apaisée lui donnèrent à trente-cinq ans une seconde jeunesse presque aussi séduisante que la première. D'ailleurs le noir lui allait bien; puis elle avait la contenance responsable, un peu fière, d'une femme restée seule dans la vie avec tout l'honneur d'un grand nom à porter. Très-soigneuse de la gloire du défunt, cette gloire maudite qui lui avait coûté tant de larmes et qui maintenant grandissait de jour en jour comme une fleur splendide nourrie par la terre noire du tombeau, on la voyait, entourée de ses longs voiles sombres, apparaître chez les directeurs de théâtres, chez les éditeurs, s'occupant de faire reprendre les opéras de son mari, surveillant l'impression des œuvres posthumes, des manuscrits inachevés, apportant à tous ces détails une espèce de soin solennel et comme un respect de sanctuaire.

C'est à ce moment que son second mari la rencontra. Il était musicien lui aussi, à peu près inconnu, auteur de valses, de mélodies et de deux petits opéras dont les partitions, délicieusement imprimées, ne s'étaient guère plus jouées que vendues. Avec une figure aimable, une belle fortune qu'il tenait d'une famille excessivement bourgeoise, il avait par-dessus tout le respect suprême du génie, la curiosité des hommes célèbres et la naïveté enthousiaste des artistes encore jeunes. Aussi, quand on lui montra la femme du maître, il en eut un éblouissement. C'était comme l'image même de la muse glorieuse qui lui apparaissait. Tout de suite il fut amoureux, et la veuve commençant déjà à revoir un peu le monde, il se fit présenter chez elle. Là sa passion s'accrut de l'atmosphère de génie qui flottait encore dans tous les coins du salon. C'était le buste du maître, le piano où il composait, ses partitions étalées sur tous les meubles, mélodieuses même à regarder, comme si de leurs feuillets entr'ouverts les phrases écrites résonnaient musicalement... Le charme très-réel de la veuve, fixée dans ce souvenir austère comme dans un cadre qui lui allait bien, acheva de le rendre éperdu d'amour.

Après avoir hésité longtemps, le brave garçon finit par se déclarer, mais dans des termes si humbles, si timides... « Il savait combien il était peu de chose pour elle. Il comprenait tout le regret qu'elle pourrait avoir à échanger son nom illustre contre le sien, inconnu et chétif... » Et mille autres naïvetés de ce genre. Pensez qu'au fond du cœur la dame était très-flattée de sa conquête, mais elle joua la comédie du cœur brisé, et prit les airs dédaigneux, blasés, de la femme dont la vie est finie sans espoir de recommencement. Elle, qui n'avait jamais été si tranquille que depuis la mort de son grand homme, trouva encore des larmes pour le regretter, une ardeur enthousiaste à parler de lui. Cela, bien entendu, ne fit qu'exalter son jeune adorateur, le rendre plus éloquent, plus persuasif.

Bref ce veuvage sévère se termina par un mariage; mais la veuve n'abdiqua pas, et resta — quoique mariée — plus veuve de grand homme que jamais, comprenant bien qu'aux yeux du second mari c'était là son vrai prestige. Comme elle se sentait moins jeune que lui, pour l'empêcher de s'en apercevoir elle l'accabla de son dédain, d'une espèce de pitié vague, d'un regret de mésalliance inexprimé et blessant. Mais lui ne s'en blessait pas, au contraire. Il était si convaincu de son infériorité et trouvait si naturel que le souvenir d'un pareil homme se fût installé despotiquement dans un cœur! Pour l'entretenir dans cette humilité d'attitude, elle relisait quelquefois avec lui les lettres que le maître lui écrivait quand il lui faisait la cour. Ce retour au passé la rajeunissait de quinze ans, lui donnait l'assurance de la femme belle, aimée, regardée à travers tous les dithyrambes amoureux, l'exagération charmante de la passion écrite. Si elle avait changé depuis, son jeune mari s'en inquiétait peu, l'adorait sur la foi d'un autre, en tirait je ne sais quelle vanité singulière. Il lui semblait que ces supplications passionnées s'ajoutaient aux siennes, et qu'il héritait de tout un passé d'amour.

Étrange couple! C'est dans le monde qu'ils étaient curieux à voir. Je les apercevais quelquefois au théâtre. Personne n'aurait reconnu la jeune femme craintive, un peu timide, qui accompagnait jadis le *maëstro*, perdue dans l'ombre gigantesque qu'il faisait autour de lui.

Maintenant droite au bord de la loge, elle se montrait, attirait tous les regards à l'orgueil du sien. On eût dit qu'elle avait sur la tête l'auréole de son premier mari, dont le nom résonnait autour d'elle comme un hommage ou un reproche. L'autre, assis un peu en arrière, avec la physionomie empressée des sacrifiés de la vie, observait tous ses mouvements, attentif à la servir.

Dans leur intérieur, cette bizarrerie d'allure était encore plus marquée. Je me souviens d'une soirée qu'ils donnèrent un an après leur mariage. Le mari circulait dans la foule de ses invités, fier et un peu embarrassé de réunir chez lui tant de monde. La femme, dédaigneuse, mélancolique, supérieure, était ce soir-là veuve de grand homme comme il n'est pas possible de l'être plus. Elle avait une certaine façon de regarder son mari par-dessus l'épaule, de l'appeler « mon pauvre ami » en l'accablant des corvées de réception, d'un air de dire : « Vous n'êtes bon qu'à ça. » Autour d'elle se tenait le cercle des intimes d'autrefois, de ceux qui avaient assisté aux éclatants débuts du maître, à ses luttes, à ses succès. Avec eux elle minaudait, faisait la petite fille. Ils l'avaient connue si jeune! Presque tous l'appelaient « Anaïs » de son petit nom. C'était comme un cénacle, dont le pauvre mari s'approchait respectueusement pour entendre parler de son prédécesseur. On se rappelait les *premières* glorieuses, ces soirs de batailles presque toutes gagnées, puis les manies du grand homme, ses façons de travailler quand, pour amener l'inspiration, il voulait que sa femme fût à côté de lui, parée, décolletée... « Vous rappelez-vous, Anaïs? » Et Anaïs soupirait, rougissait...

De ce temps-là dataient ses belles pièces amoureuses, *Savonarole* surtout, la plus passionnée de toutes, avec son grand duo traversé de clairs de lune, de parfums de rose et de trilles de rossignols. Un enthousiaste le joua au piano, au milieu de l'émotion recueillie. A la dernière note de cet admirable morceau, la dame fondit en larmes. « C'est plus fort que moi, disait-elle. Je n'ai jamais pu l'entendre sans pleurer. » Les vieux amis du maître, entourant sa malheureuse veuve de leurs sympathiques condoléances, venaient à tour de rôle, comme aux cérémonies funèbres, lui donner une poignée de main vibrante.

« Allons, allons, Anaïs, du courage. »

Et le plus drôle, c'est que le second mari, debout à côté de sa femme, l'air ému, pénétré, distribuait des poignées de mains, lui aussi, et prenait sa part des condoléances.

« Quel génie! quel génie! » disait-il en s'épongeant les yeux. C'était à la fois comique et attendrissant.

X

LA MENTEUSE

X.

LA MENTEUSE.

JE n'ai aimé qu'une femme dans ma vie, nous disait un jour le peintre D... J'ai passé avec elle cinq ans de parfait bonheur, de joies tranquilles et fécondes. Je peux dire que je lui dois ma célébrité d'aujourd'hui, tellement à ses côtés le travail m'était facile, l'inspiration naturelle. Dès que je l'eus rencontrée, il me sembla qu'elle était mienne depuis toujours. Sa beauté, son caractère répondaient à tous mes rêves. Cette femme ne m'a jamais quitté; elle est morte chez moi, dans mes bras, en m'aimant...

Eh bien, quand je pense à elle, c'est avec colère. Si je cherche à me la représenter telle que je l'ai vue pendant cinq ans, dans tout le rayonnement de l'amour, avec sa grande taille pliante, sa pâleur dorée, ses traits de juive d'Orient, réguliers et fins dans la bouffissure légère du visage, son parler lent, velouté comme son regard, si je cherche à donner un corps à cette vision délicieuse, c'est pour mieux lui dire : « Je te hais!... »

Elle s'appelait Clotilde. Dans la maison amie où nous nous étions rencontrés, on la connaissait sous le nom de Mme Deloche, et on la disait veuve d'un capitaine au long cours. En effet, elle paraissait avoir beaucoup voyagé. En causant, il lui arrivait de dire tout à coup : Quand j'étais à Tampico... ou bien : une fois dans la rade de Valparaiso... A part cela, rien dans son allure, dans son langage, ne sentait la vie nomade, rien ne trahissait le désordre, la précipitation des prompts départs et des brusques arrivées. Elle était Parisienne, s'habillait avec un goût parfait, sans aucuns de ces burnous, de ces *sarapés* excentriques qui font reconnaître les femmes d'officiers et de marins perpétuellement en tenue de voyage.

Quand je sus que je l'aimais, ma première, ma seule idée fut de la demander en mariage. Quelqu'un lui parla pour moi. Elle répondit simplement qu'elle ne se remarierait jamais. J'évitai dès lors de la revoir; et comme ma pensée était trop atteinte, trop occupée pour me permettre le moindre travail, je résolus de voyager. Je faisais mes préparatifs de départ lorsque, un matin, dans mon appartement même, parmi l'encombrement des meubles ouverts et des malles éparses, je vis à ma grande stupeur entrer Mme Deloche.

« Pourquoi partez-vous? me dit-elle doucement... Parce que vous m'aimez? Moi aussi, je vous aime... Seulement (ici sa voix trembla un peu) seulement, je suis mariée. » Et elle me raconta son histoire.

Tout un roman d'amour et d'abandon. Son mari buvait, la frappait. Ils s'étaient séparés au bout de trois ans. Sa famille, dont elle semblait très-fière, occupait une haute situation à Paris, mais depuis son mariage on ne voulait plus la recevoir. Elle était nièce du grand-rabbin. Sa sœur, veuve d'un officier supérieur, avait épousé en secondes noces le garde général de la forêt de Saint-Germain. Quant à elle, ruinée par son mari, elle avait heureusement gardé d'une éducation première complète et très-soignée des talents dont elle se faisait une ressource. Elle donnait des leçons de piano dans des maisons riches, Chaussée d'Antin, faubourg Saint Honoré, et gagnait largement sa vie...

L'histoire était touchante, mais un peu longue, pleine de ces jolies redites, de ces incidents interminables qui embroussaillent les discours féminins. Aussi mit-elle plusieurs jours à me la raconter. J'avais loué, avenue de l'Impératrice, entre des rues silencieuses et des pelouses tranquilles, une petite maison pour nous deux. J'aurais passé là un an à l'écouter, à la regarder, sans songer au travail. Ce fut elle la première qui me renvoya à mon atelier, et je ne pus pas l'empêcher de reprendre ses leçons. Cette dignité de sa vie, dont elle avait souci, me touchait beaucoup. J'admirais cette âme fière, tout en me sentant un peu humilié devant sa volonté formelle de ne rien devoir qu'à son travail. Toute la journée nous étions donc séparés, et réunis seulement le soir à la petite maison.

Avec quel bonheur je rentrais chez nous, si impatient lorsqu'elle tardait à venir et si joyeux quand je la trouvais là avant moi ! De ses courses dans Paris elle me rapportait des bouquets, des fleurs rares. Souvent je la forçais d'accepter quelque cadeau, mais elle se disait en riant plus riche que moi, et le fait est que ses leçons devaient produire beaucoup, car elle s'habillait toujours avec une élégance chère, et le noir, dont elle se couvrait par une coquetterie de teint et de beauté, avait des mats de velours, des luisants de satin et de jais, des fouillis de dentelles soyeuses où l'œil étonné découvrait sous une simplicité apparente des mondes d'élégance féminine dans les mille reflets d'une couleur unique.

Du reste son métier n'avait rien de pénible, disait-elle. Toutes ses élèves, des filles de banquiers, d'agents de change, l'adoraient, la respectaient; et plus d'une fois elle me montra un bracelet, une bague qu'on lui donnait en reconnaissance de ses soins. En dehors du travail, nous ne nous quittions jamais; nous n'allions nulle part. Seulement, le dimanche elle partait pour Saint-Germain voir sa sœur, la femme du garde général, avec qui, depuis quelque temps, elle avait fait sa paix. Je l'accompagnais à la gare. Elle revenait le soir même, et souvent, dans les longs jours, nous nous donnions rendez-vous à une station du parcours, au bord de l'eau ou dans les bois. Elle me racontait sa visite, la bonne mine des enfants, l'air heureux du ménage. Cela me navrait pour elle, privée à jamais d'une vraie famille, et je redoublais de tendresse, afin de lui faire oublier cette position fausse, qui devait éprouver cruellement une âme de sa valeur.

Quel temps heureux de travail et de confiance! Je ne soupçonnais rien. Tout ce qu'elle disait avait l'air si vrai, si naturel. Je ne lui reprochais qu'une chose. Quelquefois en me parlant des maisons où elle allait, des familles de ses élèves, il lui venait une abondance de détails supposés, d'intrigues imaginaires qu'elle inventait en dépit de tout. Si calme, elle voyait toujours le roman autour d'elle, et sa vie se passait en combinaisons dramatiques. Ces chimères troublaient mon bonheur. Moi qui aurais voulu m'éloigner du reste du monde pour vivre enfermé auprès d'elle, je la trouvais trop occupée de choses indifférentes. Mais je pouvais bien pardonner ce travers à une femme jeune et malheureuse, dont la vie avait été jusque-là un roman triste sans dénoûment probable.

Une seule fois, j'eus un soupçon, ou plutôt un pressentiment. Un dimanche soir elle ne rentra pas coucher. J'étais au désespoir. Que faire? Aller à Saint-Germain? Je pouvais la compromettre. Pourtant, après une nuit affreuse, j'étais décidé à partir lorsqu'elle arriva toute pâle, toute troublée. Sa sœur était malade; elle avait dû rester pour la soigner. Je crus ce qu'elle me disait, sans me méfier de ce flux de paroles débordant à la moindre question, noyant toujours l'idée principale sous une foule de détails inutiles, l'heure de l'arrivée, un employé très-impoli, un retard du train.

Deux ou trois fois dans la même semaine, elle retourna coucher à Saint-Germain; ensuite, la maladie finie, elle reprit sa vie régulière et tranquille.

Malheureusement, quelque temps après, ce fut son tour de tomber malade. Un jour, elle revint de ses leçons, tremblante, mouillée, fiévreuse. Une fluxion de poitrine se déclara, grave tout de suite, et bientôt — me dit le médecin — irremédiable. J'eus une douleur folle, immense. Puis je ne songeai plus qu'à lui rendre ses dernières heures plus douces. Cette famille qu'elle aimait tant, dont elle était si glorieuse, je la ramènerais à ce lit de mourante. Sans lui rien dire, j'écrivis d'abord à sa sœur, à Saint-Germain, et moi-même je courus chez son oncle, le grand-rabbin. Je ne sais à quelle heure indue j'arrivai. Les grandes catastrophes bouleversent la vie jusqu'au fond, l'agitent dans ses moindres détails... Je crois que le brave rabbin était en train de dîner. Il vint tout effaré, me reçut dans l'antichambre.

« Monsieur, lui dis-je, il y a des moments où toutes les haines doivent se taire... »

Sa figure respectable se tournait vers moi, très-étonnée.

Je repris :

« Votre nièce va mourir.

— Ma nièce !... Mais je n'ai pas de nièce ; vous vous trompez.

— Oh ! je vous en prie, monsieur, oubliez ces sottes rancunes de famille... Je vous parle de Mme Deloche, la femme du capitaine...

— Je ne connais pas de Mme Deloche... Vous confondez, mon enfant, je vous assure. »

Et, doucement, il me poussait vers la porte, me prenant pour un mystificateur ou pour un fou. Je devais avoir l'air bien étrange, en effet. Ce que j'apprenais était si inattendu, si terrible... Elle m'avait donc menti... Pourquoi ?... Tout à coup une idée me vint. Je me fis conduire à l'adresse d'une de ses élèves dont elle me parlait toujours, la fille d'un banquier très-connu.

Je demande au domestique : Mme Deloche ?

« Ce n'est pas ici.

— Oui, je sais bien... C'est une dame qui donne des leçons de piano à vos demoiselles.

— Nous n'avons pas de demoiselles chez nous, pas même de piano... Je ne sais pas ce que vous voulez dire. »

Et il me ferma la porte au nez avec humeur.

Je n'allai pas plus loin dans mes recherches. J'étais sûr de trouver partout la même réponse et le même désappointement. En rentrant à notre pauvre petite maison, on me remit une lettre timbrée de Saint-Germain. Je l'ouvris, sachant d'avance ce qu'elle renfermait. Le garde général lui non plus ne connaissait pas Mme Deloche. Il n'avait d'ailleurs ni femme ni enfant.

Ce fut le dernier coup. Ainsi pendant cinq ans chacune de ses paroles avait été un mensonge... Mille idées de jalousie me saisirent à la fois ; et follement, sans savoir ce que je faisais, j'entrai dans la chambre où elle était en train de mourir. Toutes les questions qui me tourmentaient tombèrent ensemble sur ce lit de douleur : « Qu'alliez-vous faire à Saint-Germain le dimanche?... Chez qui passiez-vous vos journées?... Où avez-vous couché cette nuit-là!... Allons, répondez-moi. » Et je me penchais sur elle, cherchant tout au fond de ses yeux encore fiers et beaux les réponses que j'attendais avec angoisse ; mais elle resta muette, impassible.

Je repris en tremblant de rage : « Vous ne donniez pas de leçons. J'ai été partout. Personne ne vous connaît... Alors, d'où venaient cet argent, ces dentelles, ces bijoux? » Elle me jeta un regard d'une tristesse horrible, et ce fut tout... Vraiment, j'aurais dû l'épargner, la laisser mourir en repos... Mais je l'avais trop aimée. La jalousie était plus forte que la pitié. Je continuai : « Tu m'as trompé pendant cinq ans. Tu m'as menti tous les jours, à toutes les heures... Tu connaissais toute ma vie, et moi je ne savais rien de la tienne. Rien, pas même ton nom. Car il n'est pas à toi, n'est-ce pas? ce nom que tu portais... Oh! la menteuse, la menteuse! Dire qu'elle va mourir, et que je ne sais de quel nom l'appeler... Voyons, qui est-tu? D'où viens-tu? Qu'est-ce que tu es venue faire dans ma vie?... Mais parle-moi donc! Dis-moi quelque chose. »

Efforts perdus! Au lieu de me répondre, elle

tournait péniblement la tête vers la muraille, comme si elle avait craint que son dernier regard me livrât son secret... Et c'est ainsi qu'elle est morte, la malheureuse! Morte en se dérobant, menteuse jusqu'au bout.

XI

LA COMTESSE IRMA

XI.

LA COMTESSE IRMA.

« *M. Charles d'Athis, homme de lettres, a l'honneur de vous faire part de la naissance de son fils Robert.*

« *L'enfant se porte bien.* »

Tout le Paris lettré et artistique a reçu, il y a une dizaine d'années, ce petit billet de part sur papier satiné, aux armes des comtes d'Athis-Mons, dont le dernier, Charles d'Athis, avait su — si jeune encore — se faire un vrai renom de poëte.

« ..... L'enfant se porte bien. »

Et la mère? Oh! celle-là, la lettre n'en parlait pas. Tout le monde la connaissait trop.

C'était la fille d'un vieux braconnier de Seine-et-Oise, un ancien modèle qu'on appelait Irma Sallé, et dont le portrait avait traîné dans toutes les expositions, comme l'original dans tous les ateliers. Son front bas, sa lèvre relevée à l'antique, ce hasard d'un visage de paysanne ramené aux lignes primitives — une gardeuse de dindons avec des traits grecs — ce teint un peu hâlé des enfances en plein air, qui donne aux cheveux blonds des reflets de soie pâle, faisaient à cette drôlesse une espèce d'originalité sauvage que complétaient deux yeux d'un vert magnifique, enfoncés sous d'épais sourcils.

Une nuit, en sortant d'un bal de l'Opéra, d'Athis l'avait emmenée souper, et depuis deux ans le souper continuait. Mais, quoique Irma fût entrée complétement dans la vie du poëte, ce billet de part insolent et aristocratique vous indique assez le peu de place qu'elle y tenait. En effet, dans ce ménage provisoire, la femme n'était guère plus qu'une intendante, apportant à gérer la maison du poëte-gentilhomme l'âpreté de sa double nature de paysanne et de courtisane, et s'efforçant, à n'importe quel prix, de se rendre indispensable. Trop rustique et trop sotte pour jamais rien comprendre au génie de d'Athis, à ces beaux vers raffinés et mondains qui faisaient de lui une sorte de Tennyson parisien, elle avait su pourtant se plier à tous ses dédains, à toutes ses exigences, comme si au fond de cette nature vulgaire il était resté un peu de l'admiration humiliée de la paysanne pour le noble, de la vassale pour son seigneur. La naissance de l'enfant ne fit qu'accentuer sa nullité dans la maison.

Quand la comtesse douairière d'Athis-Mons, la mère du poëte, femme distinguée et du plus grand monde, apprit qu'il lui était né un petit-fils, un joli petit vicomte, bien et dûment reconnu par son auteur, elle eut l'envie de le voir et de l'embrasser. Certes, pour une ancienne lectrice de la reine Marie-Amélie, c'était dur de penser que l'héritier d'un si grand nom avait une mère pareille; mais s'en tenant à la formule des petits billets de part, la vieille dame oublia que cette créature existait. Elle choisit, pour aller voir l'enfant en nourrice, les jours où elle était sûre de ne rencontrer personne, l'admira, le choya, l'adopta dans son cœur, en fit son idole, ce dernier amour des grand'mères, qui leur est un prétexte de vivre encore quelques années pour voir grandir et pousser les tout petits...

Puis, lorsque bébé vicomte fut un peu plus grand, qu'il revint habiter entre son père et sa mère, la comtesse ne pouvant renoncer à ses chères visites, il y eut une convention faite : au coup de sonnette de la grand'mère, Irma disparaissait humblement, silencieusement; ou bien on amenait l'enfant chez son aïeule, et gâté par ses deux mères, il les aimait autant l'une que l'autre, un peu étonné de sentir dans la force de leurs caresses comme une volonté d'exclusion, d'accaparement. D'Athis, insouciant, tout à ses vers, à sa renommée grandissante, se contentait d'adorer son petit Robert d'en parler à tout le monde et de s'imaginer que l'enfant était à lui, à lui seul. Cette illusion ne dura pas.

« Je voudrais te voir marié. . lui dit un jour sa mère.

— Oui... mais l'enfant?

— Sois sans inquiétude. Je t'ai découvert une jeune fille noble, pauvre et qui t'adore. Je lui ai fait connaître Robert, et ce sont déjà de vieux amis. D'ailleurs, la première année, je garderai le cher petit avec moi. Après, on verra.

— Et cette... cette fille? hasarda le poëte en rougissant un peu, car c'était la première fois qu'il parlait d'Irma devant sa mère.

— Bah! répondit la vieille douairière en riant, nous lui ferons une jolie dot, et je suis bien sûre qu'elle trouvera à se marier, elle aussi. Le bourgeois de Paris n'est pas superstitieux. »

Le soir même, d'Athis, qui n'avait jamais été fou de sa maîtresse, lui parla de ces arrangements et la trouva, comme toujours, soumise et prête à tout. Mais le lendemain, quand il rentra chez lui, la mère et l'enfant étaient partis. On finit par les découvrir chez le père d'Irma, dans un affreux petit chaume, à la lisière de la forêt de Rambouillet; et quand le poëte arriva, son fils, son petit prince, tout en velours et en dentelles, sautant sur les genoux du vieux braconnier, jouait avec sa pipe, courait après les poules, heureux de secouer ses boucles blondes au grand air. D'Athis, quoique très-ému, voulut prendre la chose en riant et ramener tout de suite ses deux fugitifs avec lui. Mais Irma ne l'entendit pas ainsi. On la chassait de la maison; elle emmenait son enfant. Quoi de plus naturel?... Il ne fallut rien moins que la promesse du poëte qu'il renonçait à se marier pour la décider à revenir. Encore fit-elle ses conditions. On avait trop longtemps oublié qu'elle était la mère de Robert. Se cacher toujours, disparaître quand Mme d'Athis arrivait, cette vie-là n'étais plus possible. L'enfant devenait trop grand pour qu'elle s'exposât à ces humiliations devant lui. Il fut convenu que, puisque Mme d'Athis ne voulait pas se rencontrer avec la maîtresse de son fils, elle ne viendrait plus chez lui et qu'on lui amènerait le petit tous les jours.

Alors commença pour la vieille grand'mère un supplice véritable. Chaque jour il y avait des prétextes d'empêchement. L'enfant avait toussé; il faisait froid, il pleuvait. Puis c'était la promenade, l'équitation, la gymnastique. Elle ne voyait plus son petit-fils, la pauvre vieille. D'abord elle voulut s'en plaindre à d'Athis; mais les femmes seules ont le secret de ces petites guerres. Leurs ruses restent invisibles, comme les points cachés qui tiennent les volants et les dentelles de leur toilette. Le poëte était incapable d'y rien voir; et la triste grand'mère passait sa vie à attendre la visite de son chéri, à le guetter dans la rue quand il sortait avec un domestique, et par ces baisers furtifs ces regards à la hâte, elle augmentait sa passion maternelle sans jamais arriver à la contenter.

Pendant ce temps-là, Irma Sallé — toujours à l'aide de l'enfant — faisait son chemin dans le cœur du père. Maintenant elle était à la tête de la maison, recevait, donnait des fêtes, s'installait comme une femme qui restera. Toutefois elle avait soin de dire de temps en temps au petit vicomte, devant son père: Te rappelles-tu les poules de grand-papa Sallé? Veux-tu que nous retournions les voir? Et par cette éternelle menace de départ, elle préparait l'installation définitive du mariage.

Il lui fallut cinq ans pour devenir comtesse; mais enfin elle le fut... Un jour, le poëte vint en tremblant annoncer à sa mère qu'il était décidé à épouser sa maîtresse, et la vieille dame, au lieu de s'indigner, accueillit cette calamité comme une délivrance, ne voyant qu'une chose dans ce mariage, la possibilité de retourner chez son fils et d'aimer librement son petit Robert. Le fait est que la vraie lune de miel fut pour la grand'mère. D'Athis, après son coup de tête, voulut s'éloigner quelque temps de Paris. Il s'y sentait gêné. Et comme l'enfant pendu aux jupes de sa mère menait toute la maison, on alla s'établir dans le pays d'Irma, à côté des poules du père Sallé. C'était bien l'intérieur le plus curieux, le plus disparate qu'on pût imaginer. La bonne maman d'Athis et le grand-papa Sallé se rencontraient tous les soirs au coucher de leur petit-fils. Le vieux braconnier, son bout de pipe noire rivé au coin de la bouche, l'ancienne lectrice au Château, avec ses cheveux poudrés, son grand air, regardaient ensemble le bel enfant qui se roulait devant eux sur le tapis, et l'admiraient autant tous deux. L'une lui apportait de Paris tous les nouveaux jouets, les plus brillants, les plus chers; l'autre lui fabriquait des sifflets magnifiques avec des bouts de sureau; et dam! le dauphin hésitait.

En somme, parmi tous ces êtres groupés comme de force autour d'un berceau, le seul vraiment malheureux était Charles d'Athis. Son inspiration élégante et patricienne souffrait de cette vie au fond des bois, comme ces Parisiennes délicates pour qui la campagne a trop de grand air et de séve. Il ne travaillait plus, et loin de ce terrible Paris, qui se referme si vite sur les absents, il se sentait déjà presque oublié. Heureusement l'enfant était là, et, quand l'enfant souriait, le père ne pensait plus à ses succès de poëte ni au passé d'Irma Sallé.

Et maintenant, voulez-vous savoir le dénoûment de ce singulier drame? Lisez le petit billet encadré de noir que j'ai reçu il y a quelques jours, et qui est comme le dernier feuillet de cette aventure parisienne:

« *M. le comte et Mme la comtesse d'Athis*

ont la douleur de vous faire part de la mort de leur fils Robert. »

Les malheureux! les voyez-vous là-bas, tous les quatre, se regardant devant ce berceau vide!...

XII

LES CONFIDENCES D'UN HABIT A PALMES VERTES

XII.

LES
CONFIDENCES D'UN HABIT
A PALMES VERTES.

Ce matin-là était le matin d'un beau jour pour le sculpteur Guillardin.

Nommé de la veille membre de l'Institut, il allait inaugurer devant les cinq académies réunies en assemblée solennelle son habit d'académicien, un magnifique habit à palmes vertes, tout luisant du drap neuf et de la broderie soyeuse couleur d'espérance. Le bienheureux habit, ouvert, prêt à passer, était étalé sur un fauteuil, et

Guillardin le regardait avec amour, en achevant de nouer sa cravate blanche.

« Surtout ne nous pressons pas... J'ai tout le temps... » pensait le bonhomme.

Le fait est que dans sa fièvre d'impatience il s'était habillé deux heures trop tôt; et la belle Mme Guillardin — toujours très-longue à sa toilette — lui avait déclaré que ce jour-là spécialement elle ne serait prête qu'à l'heure juste; pas une minute avant, vous m'entendez bien!

Infortuné Guillardin! que faire pour tuer le temps jusque-là?

« Essayons toujours notre habit », se dit-il, et doucement, comme s'il maniait du tulle, des dentelles, il souleva la précieuse défroque, et, l'ayant endossée avec des précautions infinies, il vint se mettre devant sa glace. Oh! la gracieuse image que la glace lui renvoya! Quel aimable petit académicien tout frais pondu, gras, heureux, souriant, grisonnant, bedonnant, avec des bras trop courts qui avaient dans les manches neuves une dignité roide et automatique! Évidemment satisfait de sa tournure, Guillardin marchait de long en large, saluait comme pour entrer en séance, souriait à ses collègues des beaux-arts, prenait des poses académiques. Mais, si fier de sa personne qu'on soit, on ne peut pas rester deux heures en tenue, debout, devant une glace. A la longue notre académicien se fatigua, et, craignant de chiffonner son habit, prit le parti de le retirer et de le remettre à sa place, bien soigneusement posé sur un fauteuil. Lui-même s'assit en face, à l'autre coin de la cheminée; puis, les jambes allongées, les deux mains croisées sur son gilet de cérémonie, il se mit à songer délicieusement en regardant son habit vert.

Comme le voyageur arrivé enfin au terme de sa route aime à se souvenir des périls, des difficultés du voyage, Guillardin reprenait sa vie année par année depuis le jour où il avait commencé la sculpture à l'atelier Jouffroy. Ah! les débuts sont rudes dans ce sacré métier. Il se rappelait les hivers sans feu, les nuits sans sommeil, les courses pour chercher de l'ouvrage, et ces rages sourdes qu'on éprouve à se sentir tout petit, perdu, inconnu, dans l'immense foule qui vous pousse, vous bouscule, vous renverse, vous écrase. Dire pourtant qu'à lui seul, sans protecteurs, sans fortune, il avait su se tirer de là. Rien que par le talent, monsieur ! Et la tête renversée, les yeux à demi-clos, plongé dans une contemplation béate, le digne homme se répétait tout haut à lui-même : « Rien que par mon talent. Rien que par mon tal... »

Un long éclat de rire, sec et cassé comme un rire de vieux, l'interrompit subitement. Guillardin un peu saisi regarda autour de lui dans la chambre. Il était seul, bien seul, en tête-à-tête avec son habit vert, cette ombre d'académicien solennellement étalée en face de lui, de l'autre côté du feu. Et cependant le rire insolent continuait toujours. Alors, en regardant mieux, le sculpteur crut s'apercevoir que son habit n'était plus à la place où il l'avait mis, mais véritablement assis dans le fauteuil, les basques relevées, les deux manches accoudées sur les bras du meuble, le plastron gonflé avec une apparence de vie. Chose incroyable ! c'était lui qui riait. Oui, c'était de ce singulier habit vert que venaient ces rires fous qui l'agitaient, le secouaient, le tordaient, le renversaient, faisaient frétiller ses basques, et par moments ramenaient ses deux manches vers les côtés, comme pour arrêter cet excès de gaieté surnaturelle et inextinguible. En même temps on entendait une petite voix futée et malicieuse qui disait, entre deux hoquets : « Mon Dieu ! mon Dieu, que ça fait mal de rire !... Que ça fait mal de rire comme ça !

— Qui diable est donc là, à la fin des fins ? » demanda le pauvre académicien en ouvrant de gros yeux.

La voix reprit, encore plus futée et malicieuse : « Mais c'est moi, monsieur Guillardin, c'est moi, votre habit à palmes, qui vous attends pour aller à la séance. Je vous demande pardon d'avoir interrompu si intempestivement vos songeries ; mais vraiment c'était si drôle de vous entendre parler de votre talent ! Je n'ai pas pu me retenir... Voyons, est-ce que c'est sérieux ? Pensez-vous en conscience que votre talent a suffi pour vous mener aussi vite, aussi loin, aussi haut dans la vie, vous donner tout ce que vous avez : honneurs, position, renommée, fortune?... Croyez-vous cela possible, Guillardin?... Descendez en vous-même, mon ami, avant de me répondre. Descendez encore, encore, là! Maintenant, répondez-moi. Vous voyez bien que vous n'osez pas.

— Pourtant, bégaya Guillardin avec une hésitation comique, j'ai... j'ai beaucoup travaillé.

— Oui, beaucoup, énormément. Vous êtes un piocheur, un manœuvre, un grand abatteur de besogne. Vous comptez vos journées à l'heure, comme un cocher de fiacre. Mais le rayon, mon cher; l'abeille d'or qui traverse le cerveau du véritable artiste en y mettant l'éclair et le bourdonnement de ses ailes, quand vous a-t-elle rendu visite? Pas une fois, vous le savez bien. Elle vous a toujours fait peur, la divine petite abeille. Et cependant, c'est elle qui donne le vrai talent. Ah! j'en connais qui travaillent aussi, mais autrement que vous, avec tout le trouble, toute la fièvre des chercheurs, et qui n'ariveront jamais où vous êtes... Tenez! convenons d'une chose, pendant que nous sommes seuls. Votre talent à vous, ç'a été d'épouser une jolie femme.

— Monsieur!... » fit Guillardin, en devenant tout rouge.

La voix reprit sans s'émouvoir :

« A la bonne heure! Voilà une indignation qui me fait plaisir. Elle me prouve ce que tout le monde sait, du reste : vous êtes certainement plus bête que coquin... Là, là, vous n'avez pas besoin de me faire ces yeux furibonds. D'abord, si vous me touchez, si j'ai seulement un faux pli ou un accroc, impossible d'aller à la séance; et Mme Guillardin ne serait pas contente. Car enfin c'est à elle que revient toute la gloire de cette belle journée. C'est elle que les cinq académies vont recevoir tout à l'heure, et je vous réponds que si j'arrivais à l'Institut passé sur sa jolie taille, toujours élégante et droite malgré l'âge, j'aurais un autre succès qu'avec vous... Que diable! monsieur Guillardin, il faut se rendre compte des choses! Vous lui devez tout à cette femme-là; tout, votre hôtel, vos quarante mille francs de rente, vos croix, vos lauriers, vos médailles... »

Et d'un geste de manchot, l'habit vert avec sa manche brodée montrait au malheureux sculpteur les cadres glorieux accrochés au mur de son alcôve. Puis, comme s'il eût voulu, pour mieux torturer sa victime, prendre tous les aspects, toutes les attitudes, cet habit cruel se rapprocha de la cheminée, et se penchant en avant sur son fauteuil d'un petit air vieillot et confidentiel, il parla familièrement sur le ton d'une camaraderie déjà ancienne :

« Voyons, mon vieux, ça paraît te faire de la peine, ce que je te dis là. Il faut pourtant bien que tu saches ce que tout le monde sait. Et qui te l'apprendra, si ce n'est pas ton habit? Tiens! raisonnons un peu. Qu'est-ce que tu avais en te mariant? Rien. Qu'est-ce que ta femme t'a apporté? Zéro. Alors comment t'expliques-tu ta fortune actuelle? Tu vas me dire encore que tu as beaucoup travaillé. Mais, malheureux, en travaillant jour et nuit, avec les faveurs, les commandes du gouvernement, qui ne t'ont certes pas manqué depuis ton mariage, tu n'as jamais gagné plus de quinze mille francs par an. Crois-tu que cela suffisait dans une maison comme la vôtre? Songe que la belle Mme Guillardin a toujours été citée comme une élégante, lancée dans tous les mondes où l'on dépense... Parbleu! je sais bien que, claquemuré du matin au soir dans ton atelier, tu n'as jamais réfléchi à ces choses-là. Tu te contentais de dire à tes amis : « J'ai une femme étonnante pour s'entendre aux affaires. Avec ce que je gagne et le train que nous menons, elle s'arrange encore pour nous faire des économies. »

C'est toi qui étais étonnant, pauvre homme... La vérité, c'est que tu avais épousé un de ces jolis monstres comme il s'en trouve dans Paris, une femme ambitieuse et galante, sérieuse pour ton compte et légère pour le sien, sachant mener du même train vos affaires et son plaisir. La vie de ces femmes-là, mon cher, ressemble à un carnet de bal où l'on alignerait des chiffres à côté des noms des danseurs. La tienne s'est fait ce raisonnement : « Mon mari n'a pas de talent, pas de fortune, pas grande tournure non plus; mais c'est un excellent homme, complaisant, crédule, aussi peu gênant que possible. Qu'il me laisse m'amuser tranquille, je me charge, moi, de lui donner tout ce qui lui manque. » Et à partir de ce jour-là, l'argent, les commandes, les croix de tous les pays ont commencé à pleuvoir dans ton atelier avec leur joli son métallique, leurs cordons de toutes les couleurs. Regarde ma brochette... Puis, un matin, la fantaisie est venue à madame — fantaisie de beauté mûre — d'être la femme d'un académicien, et c'est sa main finement gantée qui t'a ouvert une à une toutes les portes du sanctuaire... Dame! mon vieux, ce qu'il t'en a coûté pour porter les palmes vertes, tes collègues seuls pourraient te le dire...

— Tu mens, tu mens!... cria Guillardin, étranglé par l'indignation.

— Eh! non, mon vieux, je ne mens pas... Tu n'as qu'à regarder autour de toi tout à l'heure en entrant en séance. Tu verras de la malice au fond de tous les yeux, des sourires au coin de toutes les lèvres, pendant qu'on chuchotera sur ton passage : « Voilà le mari de la belle Mme Guillardin. » Car tu ne seras jamais que cela dans la vie, mon cher, le mari d'une jolie femme... »

Pour le coup, Guillardin n'y tient plus.

Blême de rage, il s'élance, va saisir pour le jeter au feu, après lui avoir arraché sa jolie guirlande verte, cet habit insolent et radoteur; mais voilà qu'une porte s'ouvre et qu'une voix bien connue, nuancée de dédain et de douce condescendance, vient l'éveiller à propos de son horrible rêve :

« Ah! c'est bien vous, par exemple!... s'endormir au coin du feu un jour pareil!... »

Mme Guillardin est devant lui, grande, belle encore, quoique un peu trop imposante avec son teint rose presque naturel sous ses cheveux poudrés, et l'éclair exagéré de ses yeux peints. D'un geste de maîtresse femme, elle prend l'habit à palmes vertes, et lestement, avec un petit sourire, elle aide son mari à l'endosser, pendant que le pauvre homme, encore tout trempé de la sueur de son cauchemar, respire d'un air soulagé et pense en lui-même : « Quel bonheur!... C'était un rêve... »

FIN.

TABLE

Imprimerie D. Bardin et Cie, à Saint-Germain.

www.ingramcontent.com/pod-product-compliance
Ingram Content Group UK Ltd.
Pitfield, Milton Keynes, MK11 3LW, UK
UKHW031845260826
14628UKWH00002B/599

9 782012 873056